あかずめの匣（はこ）

角川ホラー文庫
24596

目次

プロローグ　5
第一章　窒息の家　15
第二章　呪いの死者　79
第三章　密室のあなたへ　167
第四章　赤頭家の人々　249
エピローグ　316

プロローグ

本屋でそれを見つけたとき、あっと声が出た。

「ちょっと待って」

僕は、恋人の葵(あおい)に言った。葵は後ろで「何？」と足を止める。

腕を伸ばし、本棚に挿し込まれていた一冊の本を抜き取って、表紙を眺めた。

あかずめ――確かにそう書かれている。

「その本が、どうかしたの？」

葵が僕の肩に手を置いて、本を覗(のぞ)き込む。僕は「いや……」と言葉を濁した。

「これ、買おうかな」

「え、何で？　それホラーだよ。てか、本なんて読まないじゃん」

「いいんだよ、たまには」

葵は、小首を傾げた。普段本を読まない僕が無名の作家の本を――ましてやホラー小説を手に取るなんて、不思議でしかたないのだろう。他人からはいつも意外に思われるけれど、僕はアウトドア派だ。本なんて閉じた世界に没頭するより、外に出て色々な風景を見る方が好きだ。書店でバイトするほど本が好きな葵には、「もったいない」と何度も言われている。本の中には別世界が広がってるんだよ、と。こうして本屋に足を運んだのも、彼女に連れられてしかたなくだ。

もちろん、その本を手に取ったのには、理由があった。

ただ、それを葵に言う気にはなれなかった。

一か月以上前。僕は、親友の修司を喪った。

彼を最後に見たのは、夕暮れの駅だった。

西日を浴びながら、僕らはホームで電車が来るのを待っていた。

「へぇ、次は映画か」

後ろからスマートフォンの画面を覗き込んでいた修司が、ニヤニヤと笑った。画面には、葵とのメッセージのやり取りが表示されていた。

「おい、覗くなよっ」

「ははは、うまくやってるみたいだな」

僕は黙秘権を行使した。だけど、彼がしつこく「告白はしたのか」「脈はありそうか」と訊くので、観念して答えることにした。

「……付き合うことになったよ。この前の、バレンタインに」

修司は、一瞬だけ硬直した。

でも、すぐにいつもの人懐っこい笑みを浮かべた。

「え、ほんとかよ。うわぁ、めでたいな」

「報告が遅れた。ほんと、ごめん」

「いいってそんなこと！　うわぁ、そうか。こいつ、やりやがった！」

修司は僕の両肩を後ろから強く揉んだ。「いてぇって！」と僕が笑い、彼は「祝福の味だ！」とさらに強く揉んだ。僕らがよくするじゃれ合いだ。修司とは十四歳からの付き合いだった。色々あって、僕は彼を心底憎んだこともある。だけど、今は同じ大学に通っている。

親友だと思っている。向こうもそのはずだ。

じゃれ合いが終わって、僕らは黙った。線路の向こうの、整形外科とか学習塾の広告看板を眺めていた。電車はまだ来ない。

しばらくの沈黙の後、修司が、唐突に言った。

「――先週の休みにさ、田舎に帰ったんだ。久しぶりに」

「え？　うん」

「過疎村でさ。そこに住んでたじいちゃんが死んだんだよ。あの村に行ったのは、小学生んとき以来だったな」

「そうなんだ」

僕は前を向いたまま、広告看板の奥に見える街並みを眺めていた。

「でも、田舎だし遊ぶとこもないし、親が仕切ってるから別に仕事もないし。親戚のばあちゃんの話し相手になったりしてたんだよ。ほとんどボケてたんだけど」

「……へぇ。それで？」

「夜はもっと暇でさ。その村に、子供のときに絶対行くなって言われてた廃墟があるんだけど、そこに行ったんだ。一人で。面白半分でさ」

「お前すげぇな」僕は笑った。「それで？」

「お前さ、あかずめって知ってるか？」

あかずめ？

「知らない。何それ？」

「いや、知らなくて当然だよ。じいちゃんの村に伝わるお化けというか妖怪というか。そういうのがいるんだよ」

「はぁ」

まるで名産品みたいに言うのが、おかしかった。実在するものみたいに。

「あかずめは人を閉じ込めて殺すんだ。呪った相手を。そういう怪異なんだ」

だんだん奇妙なものを感じて、僕は首だけで振り返った。

修司が、僕をじっと見下ろしていた。

彼の斜め後ろでは、冬の夕陽が白っぽく輝いていた。そのせいで表情がよくわからない。無表情に見える。とにかく、僕を見ている。

「それが呪いなんだ。あかずめの呪いだ」

口以外ぴくりとも動かない。まるで、人間の形をした木の影みたいだった。僕は声も出ず、ただ彼を見つめ返した。目の前にいるのが修司なのか、徐々に確信が持てなくなってくる。

ホームには、僕ら以外誰もいなかった。

軽快なメロディが鳴る。……一番線に電車が参ります。危ないですから、黄色い線の内側にお下がりください。音でわかる。電車が近付いてくる。

轟音（ごうおん）の中でも、修司が何を言ったのかは、はっきりとわかった。

「お前も、そうなったらいいのに」

電車が近付いてくる。彼は僕の後ろに立っている。

僕は、黄色い線のぎりぎり外側にいた。

強くひと押しされたら、線路に飛び込んでしまうところに。

僕は動けない。

ぷわあああああ。電車が悲鳴をあげる。僕に向かって叫んでいる。

電車が来る。僕は動けない。他に誰もいない。背中が熱い。いや冷たい。

息が乱れてくる。まさか。修司がそんなことするわけない。

でも、今の言葉は。

……気づけば、目の前で電車の扉が開いていた。

まばらにホームへ降りた人たちが僕を見る。

邪魔臭そうな、あるいはその気持ちを隠そうとするような視線で。

横を向くと、改札への階段を下っていく修司の背中が見えた。僕は動けなかった。

それが、僕が見た、修司の最後の姿になった。


その二日後、修司はその村で死んだ。休日に帰ったという村で。

窒息死だった。

その話を聞いたとき、僕の頭に、いくつもの疑問が降って湧いた。——なぜ彼は急に、その村の話などし始めたのか。なぜ廃墟に行ったのか。

あかずめとは何なのか。

閉じ込めて殺すとは、どういうことなのか。

僕はずっともやもやしていた。塞（ふさ）ぎ込んでいた僕を見かねて、葵は外に連れ出してくれた。

そして僕は今日──『あかずめ』という本を見つけたのだ。

偶然の一致かもしれない。いや、その可能性の方が高いだろう。この小説に書かれていることが、そのまま修司の村に伝わるあかずめのことだとは思えない。

だけど僕は知りたかった。

親友がなぜ死んだのか。

何を考えていたのか。

修司が言う「呪い」とは、どういうものなのか。

修司の命を奪ったのは、もしかして、あかずめの呪いだったのか。

もしかしたら、この小説を読めば、ヒントが見つかるかもしれない。

一人だけの部屋で、長く細い息を吐く。

藁にも縋る想いで、僕はページを捲った。

あかずめ

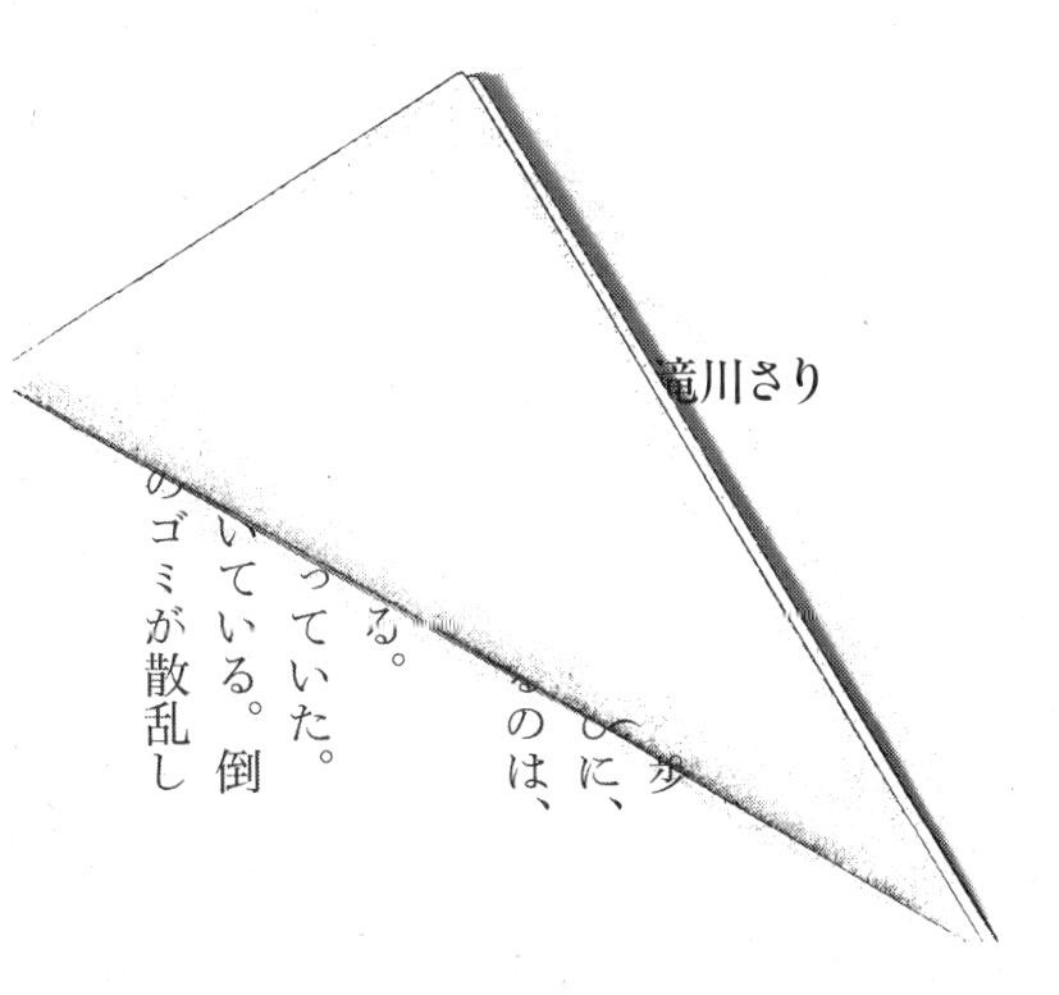

滝川さり

第一章　窒息の家

1

見えない何かに、首を絞められているみたいだった。

息が苦しい——柊奈緒子は、思わず首に手をやった。寒いはずなのに、じっとりと汗をかいている。でも、それだけだ。何もない、気のせい。そう思い込もうとする。

だけど、この息苦しさは普通じゃない。

呼吸がうまくできない。

この家に入ってから、ずっと。


「ゆ……唯奈、どこ？　マ——ママ、来たよ……？」

声が、闇に吸いこまれていくみたいだった。八畳ほどの大玄関には床の間があるけれど、黒く汚れたペットボトルや酒の空き缶、アダルト雑誌などで埋め尽くされていた。懐中電灯を左右に振ると、迷宮のようにいくつも部屋が見えるが、光が奥まで届かないので全貌が摑めない。

「ゆ、唯奈……？」

奈緒子は娘の名前を呼んだものの、返事はなかった。思うように声が出ない。音を出せば、この屋敷の奥に潜む何かが飛び出てくるのではないか――そう考えてしまう。

呼吸が荒くなる。白い息が、暗闇に溶けて消える。

息を吸うたびに、饐えた臭いに噎せ返りそうになる。

振り返ると、石畳の先にある表門が見えた。門のそばには、奈緒子の車が停めてある。ヘッドライトを点けてくればよかった、と後悔した。だけど、もう戻れない。一度戻ったら、もう二度と入れない気がする。

まさか、再びこの家に足を踏み入れることになるとは、夢にも思わなかった。

古びた日本家屋――というより、廃墟だった。奈緒子は、ふうと息を吐いて、一歩足を踏み出す。黒ずんだ木の板が、みし……と嚇かすような音を出した。歩くたびに、床が抜けそうな頼りない感触がスニーカー越しに伝わってくる。じゃり、と鳴るのは、ガラスか、瓶の破片だ。

剝がれた天井が垂れ下がり、壁じゅうに煤けたような黒い染みができている。

大玄関を通り抜けて、次の部屋に入る。通路はなく、部屋同士がつながっていた。十畳ほどの部屋だ。畳は剝がされていて、床板にはところどころ穴が開いている。倒れている襖の上を歩いた。ここにも、ビニール袋やペットボトルなどのゴミが散乱している。

　左手には、竈（かまど）のある土間が見えた。

「唯奈……どこ、どこ……」

　譫言（うわごと）のように繰り返す。腰が引ける。足の裏で地面を滑るように静かに歩く。

　懐中電灯の光が揺れている。手が震えているのだ。

　この家に入るのは二度目なのに、恐怖はちっとも和らがない。

　寧（むし）ろ、一度目よりも恐ろしく感じるのは——唯奈の命が懸かっているからだ。

　ふうう、と食い縛った歯の間から息が漏れた。どくん、どくんと鼓動の音が響く。

　自分の心音なのに、その音はまるで、この家が巨大な生物で、その体内に入っていくような錯覚を呼び起こした。

　……いや、錯覚でないかもしれない。自分はすでに、この家に呑まれている。

　いつ死んでもおかしくないのだ。……彼らと同じように。

　昨夜見た死体を思い出す。——眦（まなじり）が裂けそうなほど見開かれた目。

　青紫色に変色した腫（は）れぼったい顔。

　死ぬ直前まで苦しんだと伝わってくる悶絶（もんぜつ）の表情。

　ああなりたくない。だけど、いつそうなってもおかしくない。……この家にいたら。

　カチカチと鳴っているのは、奈緒子の歯だった。

〝窒息の家〟――

この家は、村人たちからそう呼ばれている。

この家にいたら、息が詰まって死ぬから。窒息死するから。

頬に熱いものが伝った。いつしか奈緒子は泣いていた。自分が死ぬかもしれないという恐怖だけではない。七歳の娘が死ぬかも、あるいはもう死んでいるかも――そう考えるだけで、その場に崩れ落ちてしまいそうになる。

「唯奈……どこ、どこっ。出てきて！」

ようやく大声が出た。しかし返事はない。

この静けさの中で聞こえないはずがない。

もしかしたら、もうとっくに、あの子は。

嫌な予感は、一歩進むたびに強くなっていく。

食堂を抜けると、中庭に面した廊下が見えた。月のない夜だった。雑草が生えっ放しの中庭に目を凝らすけれど、唯奈の姿はない。中庭の向こうには、蔵があった。どちらを捜すべきか迷って、前回と同じく廊下を渡る。

その先には、五畳の狭い空間があった。

知っている。この先に、大広間がある。

昨日、あの死体を見つけた場所だ。

見たくない。開けたくない。だけど、確かめなければ。

ひょっとしたら、この中で唯奈が助けを待っているかもしれないのだ。

奈緒子は、一枚の襖の引手に、震える指をかけた。

……きっといる。この中に閉じ込められている。

生きてる。絶対に——

くまのプーさんのぬいぐるみを抱いた、愛娘（まなむすめ）の姿が頭をよぎった。

ぬいぐるみ……そうだ、こうなったのも、全部あれのせいだ。あの人が、あんなものを唯奈に与えなければ。あるいは、母がこんなところに持っていかなければ。

つい思ってしまう。——今この家にいるのも、唯奈じゃなくて、母だったら。

息が苦しい。これは、緊張と恐怖によるものなのか。

あるいはすでに自分は、あかずめに呪われているのか。

瞼（まぶた）を強く閉じて、指先に力を込める。

奈緒子は、祈りながら襖を開けた。

2

襖を開けると、母がティッシュを食べていた。

暖房が効いた和室。和風のシーリングライトの下。ベッドの上で、水色のパジャマを着た母——郁子があぐらをかいていた。あたりにはティッシュが散らばっている。彼女は両手で大量のティッシュを摑んで、口に詰め込んでいる最中だった。

　顔が、トマトのように真っ赤になっている。

「ちょっと……何やってんの！」

　奈緒子は畳んでいた洗濯物を放り出すと、郁子の口に指を突っ込んだ。唾液を吸った何十枚ものティッシュが、口腔内にべったりと張り付いている。指で搔き出そうとするけど、郁子が抵抗する。その目は正気を失っていた。奈緒子の指に嚙みつき、舌で口から押し出そうとする。錯乱している。いわゆる「不穏」状態だ。

「だめ！　お母さん、やめて！」

　このままだと喉に詰まってしまう。怒鳴っても母は落ち着かない。こっちが大声を出したらますます興奮しますから、という医者の言葉を思い出す。「こっち」って何だ、と思ったことも。お前が味方になってくれるのか、と思ったことも。

　何とかほとんどのティッシュを取り除いた頃には、指が血まみれになっていた。奈緒子ははぁはぁと息を切らしながら、皮が捲れた指を見つめた。郁子は七十二歳だが、年齢の割に歯はしっかりしている。「死ぬまでうまいもん食うたるんや」——白い歯を見せて笑う、若かりし頃の母の姿を思い出す。

その母が今や、自慢の歯でティッシュを食べている。娘の手を血だらけにして。あの日の母は、もうどこにもいなくなってしまった。


外からにぎやかな声が聞こえてきた。小学生の集団下校だ。唯奈が帰ってくる。

奈緒子は目元を拭うと、部屋じゅうに散らばったティッシュを片付け始めた。落ち着いたらしい郁子は、部屋の隅で丸くなっている。表情は見えないが、いつものように虚ろな顔をしているのだろう。不穏の後はいつもそうだった。

「……もう食べたらダメだよ、ティッシュ。前にも言ったでしょ」

しばらく経ってから「ああ」と「うう」の中間のような声がした。

脇の下に手を入れてベッドに運ぶ。郁子はずいぶん縮んだが、一人で移動させるのはひと苦労だ。唯奈がもう少し大きくなってくれたら――と考えて、首を横に振る。あの子にはこんな思いはさせたくない。

やっとの思いでベッドに横たわらせる。ベッドとは対角の位置にある小さな液晶テレビを点けると、バラエティ番組が始まるところだった。

「お、お」

郁子が呻き始めた。

「何？」

「お、おお――」

「何？　はっきりしゃべって」

「お、おしっこ」

「オム――紙パンツ穿(は)いてるでしょ。……そん中でして。いいから」

そうすげなく言うと、洗濯物を畳みなおして、箪笥(たんす)の中にしまう。

すると、がらがらと玄関扉が開く音がした。ただいまぁ、と幼い声が響く。

おかえり、と廊下に半身を出したとき、ぐじゅ、と何かを踏んだ。

見ると、木の板の上に、薄緑色の介護オムツが転がっていた。

ハッとして、部屋の中を振り返る。郁子が恍惚(こうこつ)とした表情でテレビを眺めている。

濃厚なアンモニア臭が漂い始めて、奈緒子は一人、拳(こぶし)を握り締めた。


郁子の認知症が悪化したのは、父が死んでからだ。

父は二年前に死んだ。脳梗塞(のうこうそく)だった。郁子が畑仕事から戻ると居間で倒れていて、すでに事切れていたらしい。「ちょっと前には、普通に話しとったのに」――亡くなってからしばらくは、郁子は何度もそう繰り返していた。

近所の人が言うには、それ以来、彼女はみるみるやつれていったという。集会にも来なくなり、家にこもりがちになった。かと思えば、夜中に出歩くようになった。田んぼや道の真ん中で倒れていることが何度もあって、娘である奈緒子に連絡が来た。父が亡くなって約半年後のことだ。

その頃、奈緒子は都会の片隅で、関係の冷え切った夫と暮らしていた。原因は向こうの浮気。唯奈のために離婚までする気はなかったが、母の介護のために田舎に戻らないといけないと伝えると、夫の方から離婚届を持ってきた。そこには「唯奈のこともよろしく」と書かれたポストイットが貼られていた。奈緒子はそこで初めて、夫が娘のことすら愛していなかったのだと知った。

そうして奈緒子は、去年の十一月——四十歳の冬に、冠村に帰ってきた。

冠村は××県にある、人口千人程度の小さな村だ。何もない。本当に何もない。強いて特徴を挙げるとすれば、四方を山で囲まれていて、その形が冠に見えるから「冠村」、ということくらい。

高校に進学すると同時に村を出て親戚の家に預けられた奈緒子は、それからほとんど村には帰らなかった。両親に会いたいときは、彼らの方から会いに来てくれた。経済的にも体力的にも負担だろうからこっちが行くと申し出ても「ついでに旅行したいんや」と両親は譲らなかった。

今なら、父と母の気持ちがよくわかる。

木造建ての3LDK。都会では考えられない広さの庭。反抗期が来るまで身長を測った柱の傷と、線香の匂いが染みついた仏間。

久しぶりの実家に癒しを感じたのも一週間が限度だった。壁のような山に囲まれた村、淀んだ空気の底で老いてゆく村人たち。茶色く汚れた雪にまみれた風景。

それらは、東京のマンションでよく見た、扉の外に放置された苔だらけの水槽を思い出させた。そして若い頃、いつかこの村を出たいと切望していたことも。


郁子にシャワーの湯をかけている間、奈緒子はふと、浴室の鏡を見た。

久しく美容院に行っていないせいで、肩まで中途半端に伸びた黒髪は、砂浜に打ち上げられた海藻のようにへたっていた。垂れ下がってきた頬と、首から鎖骨の筋張ったライン――ここ最近の心労が祟ったせいか、ずいぶん老け込んだような気がする。

郁子が、ひどく咳き込んだ。

奈緒子は鏡から目を背けると、郁子を脱衣所に移動させた。身体じゅうを拭いて、服を着せて、居間のソファに座らせる。まるで大きな着せ替え人形だ。昔、母にその手のおもちゃを買ってもらえなかったことを思い出す。

「リカちゃん人形は買ってあげたらいいよ。将来、介護してもらうときの練習になる」

会社員だった頃、同僚がそんな冗談を言っていた。唯奈にリカちゃん人形を買い与えるか悩んでいたときだ。元夫には「誕生日とかクリスマスならいいだろ」と言われたが、結局買わなかった。自分が買ってもらえなかったものを子供に与えるのは、なぜか抵抗があった。

まだ午後の三時なのに、ぐったりと疲れていた。でもまだ休めない。シーツを回収して洗濯機に放り込む。除菌シートで廊下にこぼれた尿を拭き取っていると、ランドセルを下ろした唯奈が近寄ってきた。作業をしながら、横目で彼女の服装を確認する。紺色のロングTシャツとチェック柄のズボンは汚れていないか、朝セットしてあげた三つ編みは乱れていないか――母親の心配をよそに、唯奈は呑気な口調で言った。

「ママ、おなかすいた」

彼女の手には、二十センチほどの大きさのプーさんのぬいぐるみがあった。数年前に家族でディズニーランドに行った際に、元夫が気まぐれで買い与えたものだ。もらった直後はまったく気に入った素振りは見せなかったのに、荷ほどきの際に見つけて以来、学校以外では常に持ち歩いている。奈緒子にとっては、見るも忌々しいぬいぐるみだった。見るたびに、唯奈から父親を奪ったことを責められている気がした。

「……ちょっと待って。すぐに作るから」

「チョコ食べていい？」

「ダメ。もうすぐご飯って言ってるでしょ？」

「……でも、だって、ママおそいじゃんって、プーさん言ってるよ」

瞬間、頭がカッと熱くなった。

気がついたら、除菌シートを唯奈の膝あたりに投げつけていた。

「そう思うんなら手伝ったら？　全然気が利かない！」

唯奈は目を丸くして奈緒子を見上げた。それからすぐに顔を背けて、居間の方へ行ってしまった。奈緒子の胸がチクリと痛んだ。


晩ご飯は、ぶりの照り焼きと芋の煮っころがし、ほうれん草の白和え、それとお味噌汁にした。唯奈に魚を食べてもらいたかったからだ。

首にエプロンを巻き終わらないうちに、郁子が照り焼きを手摑みで食べ始めた。

「う、うう、う」

タレがぼたぼたとテーブルに落ちる。郁子の膝にも、椅子にも、床にも。やめてと言っても聞く耳を持たない。べたべたの手で奈緒子の身体に触れる。自分の顔にも髪の毛にも。またお風呂だと思うとげんなりする。

唯奈を見ると、一口も食べていなかった。

「食べたくない……」

「どうしたの？　お腹空いたんじゃなかったの？」

「おなかいたい」

そう言って、両手でお腹をおさえる。——嘘だ。魚を食べたくないから仮病を使っているんだ。以前にも似たようなことがあって、そのときは許したから、味をしめてこんなことを言っているんだ。

ガチャンと音がした。見ると、郁子がお椀(わん)を倒していた。ちょっと目を離した隙に。こぼれた味噌汁をパシャパシャと手で叩(たた)いて郁子が遊び始める。「ああ、ああ」飛(ひ)沫(まつ)が飛ぶ。豆腐が砕ける。郁子の指についたワカメがどこかに飛んでいく。

唯奈が一歳くらいのときもこうだった。一生懸命作ったご飯をこぼされて、投げられて、遊ばれて。でも、あのときは我慢できた。いずれやらなくなる。遊び食べで、手の感覚を育てているんだ。探索行動なんだ。成長している証拠だ。そう思えたから。

だけど、この人はただ正気を失っているだけだ。成長がない。未来もない。母のこうした行動はいつまでも終わらない。

彼女が死ぬまでは。

「やめてって言ってるでしょ！」

枯れ枝のような郁子の手首を摑む。郁子は獣のような声をあげた。

すると、いつの間にか席を立っていた唯奈が、奈緒子の服の裾(すそ)を引っ張った。

「もうおばあちゃんをいじめないで」

何で、そんなこと——

気づいたら奈緒子は、唯奈の頬を叩いていた。

唯奈は呆然とした表情からくしゃくしゃの泣き顔になったかと思うと、やがて大声でわめき始めた。奈緒子の手は叩いた形のまま固まっていた。プーさんが床で笑っている。唯奈はそれを拾い上げると、泣きながら部屋に戻っていった。

その後ろ姿を、奈緒子は、ここに来てから毎日のように見ていることに気づく。

でも、どうしようもない。駆け寄って抱き締めてあげる気力さえ湧かない。

むしろ部屋にこもっていてくれた方が楽だとすら感じている。


郁子を再びお風呂に入れて眠らせた頃には、午後十一時を回っていた。

唯奈もそのまま眠ったのだろう。宿題はしたのかな、友達はできたかな、新しい学校でいじめられてないかな——そんな話をしばらくしていない気がする。この家に来て二か月ちょっと、あの子とまともに会話していない。怒鳴るか「ちょっと待って」を繰り返してばかりだ。

テーブルのご飯はすっかり冷たくなっていた。ひっくり返ったお椀。床にできたお味噌汁の水溜まり。散らばった魚の身。全部放り出して寝たくなる。でも、できない。それをしたらこの家はめちゃくちゃになる。この家を支えているのは自分なのだから。

片付けていると、居間と廊下を隔てる襖が開いて、唯奈が顔を見せた。

「ママ……」

彼女は着替えていなかった。やはりそのまま眠っていたらしい。プーさんのぬいぐるみを抱いている。それを見て奈緒子は胸がざわざわした。

「ママ、あのね」

「……開けたら閉めるって、いつも言ってるでしょ」

つい厳しい物言いになってしまう。唯奈は後ろの襖を閉めてから、

「ママ、いっしょにねて」

と言った。

「うん。お片付けしたらいくね。待っててくれる？」

「だめ。こわいんだもん。プーさんもこわいって。ねぇ？」

そう、ぬいぐるみに話しかける。最近、唯奈の中で流行りの手法だ。プーさんを味方につけてくる。奈緒子はいらいらする。元夫がそこにいるような気分になる。

「プーさんがいるなら怖くないでしょ？　パパからもらった宝物だもんね」

七歳に皮肉は通じるだろうか。

「うん……でも、りゅうじくんが、てんじょうにはね、はりつきじじいがいるって」

はりつきじじい？

「たんすのうらには、ぺらぺらの紙女がかくれてて、おふとんから足出てたら、アシナメがなめてくるって」

紙女？　アシナメ？

「それ、りゅうじくんが言ったの？」

こくんと唯奈が頷く。

奈緒子は、嘆息した。好きな女の子をいじめる男の子というのは、いつの時代もいるらしい。りゅうじくんは、唯奈を怖がらせて気を引こうとしているのだろう。

「それと、あ——あかずめがくるかも」

「……あかずめ？」

それだけは聞き覚えがあった。

「それって、どんなお化けだっけ？」

「わかんない。けど、こわいんだって。すっごく」

「あ……そう。でも、どんなお化けかわかんないなら、怖くないよ。さ、早く寝て」

「ううーん……じゃあね、ママ、おなかすいた」

「晩ご飯残した子が何言ってるの」

そう言うと、奈緒子は脱衣所に向かった。

服を脱ぎながら、自己嫌悪の念がじわじわと湧いてくる。

また冷たくしてしまった。一緒に寝るくらいしてあげればいいのに、できない。優しくしたいのに、その余裕がない。

お風呂から出たら、ぎゅっとしてあげよう。そう決めて居間に戻ると、しかし、唯奈はいなくなっていた。

部屋に行くと、唯奈は一人で寝ていた。プーさんのぬいぐるみをぎゅっと抱いている。目の端には、さっきまで泣いていた跡が残っていた。

奈緒子は、指でその跡に触れた。廊下から漏れる光で、指についた母の歯型がやけにくっきりと見えた。

……明日（あした）も明後日（あさって）も、介護は続く。唯奈に優しくできない日々が続く。

この家にいる限り。

母が死なない限り。

息を深く長く吐く。今日初めて呼吸ができたような気さえする。

この家は——息が詰まる。

3

平成十七年十二月■十一日

村民■位

■■■■で発見■■た窒■死体に■■て

日頃よ■村政の推進に■理解とご協■を賜り厚■■礼■し上げます。

さ■、去る十二月■日、■■■■に不法侵■した不逞■輩が窒■■す■とい■忌■わ■い事件■発生い■しま■■。村民■皆様■於か■■しては、■の事件に■する根も■■ない■話に惑わ■■■ことなく、いつ■■おりの日常■過ごし■■ただき■すようお願いいたします。

また、常日頃■■注意■起して■■ますよ■に、■■■■への■近及び「■かずめ」の調■等に■■ては、絶対に■■■■ようお■いいた■ます。

な■、今後も「あか■め」に■する情報■■す■人物を見■■た場合、そ■内容や■■人物の年齢■■らず、速■かに村■■■■■■■■■お願いいたします。

以上

ある日曜日のお昼過ぎ。奈緒子は、郁子と唯奈と、三人で外に出かけた。
散歩に行くのは久しぶりだった。冠村の冬の寒さは厳しい。四方を囲む山の影響で日照時間は短く、特に冬は日中でも薄暗いことが多い。降雪量も多く、今もあぜ道の端には雪が残っている。遠くに見える山も、ところどころ白く覆われていた。――そういう気候の理由もあって、つい出不精になってしまっていた。

今日も陽射しは弱々しい。風はなく、動きのない田んぼや林の景色は空気そのものが凍ってしまったかのようだ。手袋越しにも、車椅子のハンドルは冷たい。肌が露出しないよう毛布にくるまれた郁子はまるで蓑虫（みのむし）のようで、さっきから微動だにしない。動くのは口ばかりで、「とり」とか「くも」とか目に映るものの名前をぽつりぽつりと呟（つぶや）いていて、何となく機嫌はいい気がした。自力で歩けないことはないのだけど、この方がお互いに楽だ。

車椅子の横には、ダッフルコートに身を包んだ唯奈がいる。祖母の手を握って、周りの景色を物珍しそうに眺めていた。プーさんを持っていないと思ったら、郁子の膝（ひざ）の上にちょこんと座っている。「かしてあげてるの」と唯奈が言った。

「ありゃあ、かぁいらしねぇ」

途中、あぜ道に座り込んでいた老婆に話しかけられると、唯奈は「唯奈がかしてあげてるんだよ」と誇らしげに言った。名も知らぬお婆さんは「さよけぇ、さよけぇ」

と頷き、可愛らしいと言われたのは自分だと気づいていない七歳に微笑んでいる。

散歩の途中だけどちょっと疲れて休憩中、とお婆さんは言った。見たところ、郁子とそう年齢は変わらないのに。元気そうでうらやましい。

唯奈と握手をしてにこにこしていたお婆さんは、急に真顔になって、言った。

「――〝窒息の家〟には、行ったらあかんで。あっこには、お化けがおるけぇ」

「……ちっそくって？」

「息ができんくなることや。辛いで。顔がどんどん青うなって、じわじわ死ぬんや。お化けがそうさせるんや。先月にもなぁ、よそもんが死んどったらしい」

お婆さんの鬼気迫る言い方に、唯奈の顔色はもうすでに青くなっていた。

〝窒息の家〟――村の端にある、大きな日本家屋の廃墟のことだ。そこに立ち入ると、息が詰まって死ぬと昔から言われている。もちろん、ただの怪談に過ぎない。先月に死体で発見されたという若者にも、きっと別の死因があるはずだ。

「息が吸えんと、頭もおかしゅうなってくる。死にたない死にたないって、そればっかりになるんや。わけわからんこと叫ぶ。小便も垂らす。目の前のもんをこう爪で」

「寒くなってきたし、もうお婆ちゃんとバイバイしよっか」

奈緒子は、強制終了させた。お婆さんは「ああ、せやなぁ、郁子ちゃん、寒そうにしてるわ。おじょうちゃん、今度お菓子持ってくからねぇ」と皺だらけの手を振る。

奈緒子はにこやかに会釈すると、足早にその場を離れた。

しばらくすると、今度は大量の枯れ枝を抱えたお爺さんとすれ違った。彼は「その黄色いクマはうちとこの孫も好きやわ」と笑った。それから「廃墟には入ったらあかんぞ」「〝御家〟が怒るからな」と低い声で言い残して去っていく。「はいきょって？」と唯奈が訊き、奈緒子は「使われてない家のことだよ」と答えた。

「じゃあ、〝おいえ〟って？」

「……この村のリーダー、かな。学級委員みたいなもの」

ふぅん、と言って、唯奈はそれ以上のことは訊かなかった。奈緒子はほっとした。訊かれても答えられなかったからだ。〝御家〟について知っているのは、冠村で一番の名家であり、百年くらい前からこの村を仕切っている……ということくらい。苗字はあるけど、昔から村人はみんな〝御家〟と呼ぶ。恐れられているのだ。かつて村に存在した財閥の資産を大戦のどさくさで奪い取ったとか、黒い噂は絶えない。

すれ違った別のお婆さんがまた、「窒息の家には気ぃつけや」と唯奈に声をかける。

懐かしかった。奈緒子が子供の頃も、今みたいに村人たちが事あるごとに注意をしてきたのを思い出す。禁則事項は自然と胸に刻まれ、何よりも「誰かが見ている」という意識が根付く。都会にはあまりない光景かもしれない。

……唯奈は、ここで大きくなるのだろうか。後ろから見える唯奈の丸い頬が赤く染まっていて、大きくなったと思ってもまだまだ赤ちゃんのような気もしてくる。かつて自分が歩いたあぜ道を、娘が歩いている。嬉しいような申し訳ないような、複雑な気持ちだった。
——この村が嫌いだった。薄暗い通学路も、塞ぐような曇天も、道端にある土色に汚れた雪も。「いつかこの村を出ていく」が口癖だった同級生たちも。

——なぁなぁ、知っとう？　あかずめの話

ふと、懐かしい声が耳によみがえった。
誰だろう？　記憶を手繰る。……そうだ、中学校のときのクラスメイトだ。
夕暮れの教室。掃除当番で、二人だけで残っていたときだ。特に仲がいい子じゃなかったけれど、気まずさに耐えかねて話しかけてきたのだろう。
——あかずめ？　なにそれ
——知らんねんな。教えたるわ。おれ、入院しとるひいじいちゃんから聞いてん
——うん、で、なんなん。あかずめって
——へへへ。気になる？　あかずめはなぁ、言うたあかんで、あかずめは……

――おい、何しとんや

「な、奈緒子」

呼んだのは郁子だった。名前を呼ぶのは、意識がクリアなときだけだ。

「どうしたの？　寒い？」

「奈緒子、う。奈緒子。奈緒子。……ごえんなぁ」

譫言（うわごと）のように呟いている。

「奈緒子。ごえんな。かぁ忍やで。おかあちゃん、あかんわ。たえれん。かぁ忍や」

毛布に覆われた小さな肩が、小刻みに震えていた。

「……何言うてん。唯奈もおんねんで」

ごめんな。堪忍や。母なりに罪の意識を抱いているのだ。

介護の負担をかけていることに。娘と孫をこんな村に閉じ込めていることに。

彼女はたまに正気に返る。そうやって殊勝な態度で謝られると、もう少し頑張らなくてはという気持ちになる。母も昔は、ご飯をこぼし、尿を垂れ流していた自分を育ててくれたのだから。……いつまでそう思えるだろうか。

車道に出かけたところで、右手から一台の車が迫ってきた。

白い乗用車で、ナンバーが「８８８８」だ。奈緒子は、唯奈の肩を摑（つか）んで引き寄せた。あぜ道に下がって通り過ぎるのを待とうとすると、車は奈緒子たちの前に停止する。助手席の窓が開いて、茶髪の若い女が顔を見せた。

「ねぇ、おばさん、地元の人だよね？」

東京弁だ。東京の人だ。嬉しくなると同時に、恥ずかしかった。二か月前には自分も都会にいたはずなのに、彼女からしたら、自分はもうこんな田舎の「地元の人」に見えるんだ、と。

「訊きたいんだけどさ、あの、ち……チーソー？　何だっけ？」

女性が車内に振り返ると、運転席にいる髭（ひげ）の濃い男が「〝窒息の家〟だ、馬鹿」と苛立（いらだ）たしげに言った。窓から煙草を持った手を出している。

「そう、それそれ。ねぇ、チッソクの家、どこにあるか知らない？」

答えるべきか悩んだけれど、どうせ誰かが教えるだろう。そう思い口を開いたとき、

「――あかんで」

真下から声が聞こえた。郁子だった。

「あそこ、は、行ったあかん。近づいても、あかん。そう言われとぉ。せやから……」

絞り出すように言う。久しぶりに聞く、母親らしい厳しい口調だった。

「うわ、すご。マジで言われた！」

しかし、女性は大口を開けて、ケラケラと笑い始めた。

奈緒子がぽかんとしていると、

「だってさぁ、あるあるでしょ？　村人から『あそこに行ってはならぬ〜！』って」

そう言ってまた笑う。運転席の男も唇の端を歪めていた。何が面白いのだろう。白い排気に、男女二人組は「別の人に訊きまーす」と言い残し、車を発進させた。

唯奈がけほけほと咳き込む。

車椅子を押して進もうとすると、郁子が唯奈とつないでいた手を解いて、車が行った方角を指さした。

「奈緒子、行きたい……」

「え、どこに？」

「ち……ちそくの、家」

「え？」

「あ、あ、かず、けぇ……」

何を言っているんだろう。今さっき、あいつらに「行くな」と言ったばかりではないか。奈緒子は「そうだね。今度行こうね」と受け流し、車椅子を歩道に移動させると、男女の車とは反対方向に進み始めた。

歩きながら、さっきの記憶の続きを思い出す。

……そうだ、唯奈から聞かされた「あかずめ」というお化け。奈緒子は、その名前だけは知っていた。結局、あの子からそれが何なのかを聞くことはできなかった。途中で担任の先生が教室に入ってきて、うやむやになってしまったのだ。

そして、その後、あの子と話すことはなかった。

数日後に、彼は転校してしまったから。

朝の集会で、先生がそう告げた。理由は、「急に親御さんの仕事の都合で」。

それ以上のことを、大人たちは誰も口にしようとしなかった。

4

家に帰ると、奈緒子は夕食の準備を始めた。

久しぶりの散歩で疲れたのか、郁子は帰り道の途中で寝てしまった。帰宅しても起きなかったので、そのままベッドに運んで横たわらせた。

夕食の準備をして、途中で居間の掃除を挟んで、また台所に戻る。唯奈はずっと居間のソファで、『セーラームーン』の漫画を読んでいた。プーさんがいなかったので尋ねると、「おばあちゃんにまだかしてあげてる」とのことだった。

あれ、と思った。引っ越してからずっとべったりだったのに。

「もしかして飽きてきた？」

奈緒子の声は、どこか嬉しそうだった。

「ちょっとこわいから。プーさん」

「え？　何で？」

「りゅうじくんが言ってた。プーさんはあくまだって。そういうお話があるって」

呆れた。また何かデタラメなことをりゅうじくんに吹き込まれたらしい。

午後七時を過ぎた頃、唯奈に「おばあちゃん起こしてきて」とお願いした。

唯奈はすぐに戻ってきた。

「おばあちゃんいないよ。プーさんも」

は、と声が漏れた。

慌てて郁子の部屋に行くと、ベッドが空だった。枕元に、四つ折りにされた便箋が置かれている。奈緒子は、それを開いた。

なおこへ――

短いメッセージを読み終えると、縁側の窓が開いていることに気づいた。一気に血の気が引く。唯奈に留守番を命じると、奈緒子は家を飛び出した。まだ近くにいることを願う。けれど、いない。

あたりはもうすっかり暗くなっている。どうしよう。冠村は車通りはほとんどないけれど、道が暗いので川や田んぼに落ちるかもしれない。雪で滑って怪我をするかもしれない。凍えているかもしれない。もし命に係わることになったら。なったら。

――そうなってくれたら。いい、いい。

一瞬浮かんだ考えを振り払うように頭を振った。一旦家に戻って、唯奈を車に乗せてエンジンをかける。ヘッドライトの光が家の前の田んぼを照らす。

向かう先は決まっていた。


〝窒息の家〟は、村の北側の外れに建っていた。

柊家からは、車で二分ほどのところにある。

村で一番大きな家だ。敷地面積は約六百坪あるらしく、建物を囲む土塀はずっと向こうまで続いている。百年以上前から建っているらしいが、現在は誰も住んでいない。

〝御家〟が何代か前に改築したらしいけれど、今ではすっかり朽ち果てていた。

土塀は一部が剝がれたり崩れたりしているし、表門の向こうに見える家の外壁はどす黒く変色して、屋根も剝がれ落ちて下葺き材が覗いている部分がある。危ないから近づくなと小さい頃から言われていたけれど、周りの空気すら歪ませるような異様な佇まいを見て、頼まれたって近づくまいと思ったのを憶えている。

表門をくぐって、敷地内に入る。すると、白い車が停まっているのが見えた。

ナンバーは「８８８８」。日中に会った男女のものだ。やはりここに来ていたのだ。

だけど、彼らと会ったのはもう五時間ほど前のことだ。あの後すぐに見つけたとして、いったいこんな古びた家で何をやっているのだろう。

ジャアア、とタイヤの下で砂利が鳴る。白い車の横に停めると、後部座席を振り返った。「ママはおばあちゃん捜してくるから、ここにいて。絶対外に出ないでね」

ぐずるかと思いきや、唯奈は素直に頷いた。前に向き直り、バックミラーに映る自分が鬼気迫る表情をしていたことを知る。唯奈の好きなアニメのDVDを流すと、エンジンをかけたまま車から離れた。早々に母を見つけて、戻ってこなければ。

懐中電灯を点けると、楕円形の灯りが〝窒息の家〟の玄関を照らした。

引き戸が、中途半端に開いていた。

奈緒子は固唾を呑むと、腕を下ろして、光を玄関から足許へ引き寄せた。飛び石があるが、落ち葉にほとんど埋もれてしまっている。落ち葉以外にも、村外の人間が捨てていくのか、空き缶やペットボトル、煙草の吸殻などが散乱していた。

懐中電灯の光を右に向けると、大きな池がある。夜闇を吸って黒く染まった水には波紋もない。しかし、見つめているとそこから何か出てきそうな気がして、奈緒子は慌てて正面を向いた。

玄関に着くと、首だけを入れて中の様子を窺った。やたらと広い玄関だけど、中はひどく荒れ果てている。三和土には砕けた沓脱石の粉とスリッパが散らばり、いたるところの壁紙が傷口のようにべろんと剝がれていた。あちこちに黒い染みが浮いている。天井も一部の板が垂れ下がり、その奥の暗闇が今にも零れ落ちそうだ。

「お……お母さん？」

声を出すと、埃でざらついた空気に思わず咳き込んだ。獣臭と、何かが腐ったような臭いに鼻をつまむ。後ずさりしかけたとき、誰かが話しているような声を聞いた。

「お母さん！　いるの？」

返事はない。奈緒子は顔を歪ませると、意を決して進み始めた。

式台を踏むと、人が唸るような音が鳴った。元々は畳が敷かれていたであろう玄関間は、木の板が剝き出しになっている。踏むと、スニーカーの下で、板が激しく軋む音がした。ガラスや瓶の破片が足の裏で砕ける。

玄関を抜けて隣接した部屋に入ってすぐ、足許に襖が倒れていた。それを踏みながら行く。左へ懐中電灯を向けると、戸口の奥に竈が見えた。土間だ。ということは、この部屋は食堂だろうか。ゴミが散乱している。ひどい臭いがする。

恐る恐る食堂を抜けると、中庭に面した廊下が見えた。

通路の先に灯りを向けると、緑色に光る二つの目があった。奈緒子がひっと短い悲鳴をあげると、目の主はさっと身を翻してどこかに消えてしまう。ハクビシンか何かだろう。そう言えば、さっきから二階か天井裏で、何かが這い回る音がしている。

廊下を真っ直ぐ抜けると、五畳の空間に出る。

五枚の襖が並んでいて、この先に広い空間があることを予想させた。

声は、襖の向こうから聞こえた。

「……しは……たがあかず……と……っていまし……」

郁子の声だ。間違いない。

しかし、いったい誰と話しているのだろう。

「はぁ……それであな……解……て……たんですねぇ」

あの男女二人組だろうか。いや、そんな感じではない。

誰かいるのだ。この向こうに。郁子以外の誰かが。

「あかず……が……人間をころ……めに」

けれども、声は郁子の分しか聞こえてこない。

「ははぁ……それ……っと……の死者として……」


鳥肌が立った。足が勝手に後ろにさがる。

しかし、逃げ出すわけにはいかない。郁子を連れて帰らなければ。

奈緒子は、襖を開けた。

のっぺりとした闇がそこにあった。

懐中電灯で照らすと――そこはやはり、大広間のようだ。

その真ん中に、正座する郁子の背中があった。

周りには誰もいない。奈緒子は「お母さん」と叫ぶと、その背中に駆け寄った。

「悲しいお話ですねぇ。悲しくて、辛い……」

そう言いながら、うんうんと頷いている。まるで、まだ誰かと話している最中かのように。

「お母さん！」

肩を揺すると、郁子は振り返った。不穏の後のような、虚ろな顔だった。

「何してるの？　か、帰るよ！」

「う、ううう」

抱えるようにして連れて行く。入ってきた襖を懐中電灯で照らすと——そこに、鶴がいた。襖絵だ。金箔(きんぱく)の砂が鏤(ちりば)められた襖に、松の木のそばに立つ丹頂が一羽描かれている。かなり劣化していて、茶色い染みだらけになっていた。特に頭頂部の赤色の鮮やかさが失われ、まるで渇いた血のような暗赤色になっている。

懐中電灯を振ると、襖絵は一枚だけではなく、床の間がある壁以外の襖十六面がそうであると気づいた。松が枝を広げる海辺に集まった丹頂が八羽、それぞれ飛んだり、松をついたり、魚を捕ったりする様が描かれている。廃墟(はいきょ)になる前は優雅でめでたい絵だったのだろうが、朽ち果てた今となっては、別の意味で迫力がある。まるで、地獄の海岸で狂宴を繰り広げる丹頂のゾンビたちだ。中には、頭の赤がすっかり抜け落ちて、丹頂なのか何なのかすらわからない個体もいる。

はっと我に返った。気圧(けお)されている場合ではない。

大広間から出ようとすると、襖の近くで郁子が抵抗した。

「ああ、帰るんやったら、あの子らも……」

そう言って、郁子は暗闇の一角を指さした。

「何？　誰もいないから！　しっかりして！」

「いますよぉ……泣き疲れて寝てるんよ、かわいそうに……」

何を言ってるんだ。奈緒子はしかたなく、郁子の指さした方を照らした。何もいない。そう確認して、説得するために。

しかし、大広間の隅には——黒い何かが倒れていた。

まさか。これ以上何かあるのか。奈緒子は逃げ出そうとするが、郁子が言うことを聞かない。

仕方がないのでこわごわと、倒れている何かに近づいていく。

そこにいたのは、あの白い車の男だった。

大きく見開かれた目は、まともに射し込んでいるはずの懐中電灯の光に何の反応も示さなかった。暗い青紫色に変色した顔は、昼間に見たときよりもずっと老けて見える。わずかに開いた口の中に見える赤い舌は、上下の黄色い歯の隙間をこじ開けて出ようとして力尽きたようにも映った。

彼の隣には、茶髪の若い女性もいた。彼女は足を崩してへたり込んでいた。にやにやと腑抜けた笑みを浮かべている。

奈緒子の悲鳴が、静寂を切り裂いた。

5

気づけば、自宅の居間でソファに座っていた。

あの後、奈緒子は何とか郁子を連れて車に戻り、〝窒息の家〟を離れた。それから目についた近隣住民の家に飛び込んで、たった今見たものを説明した。スウェット姿の家主はすぐに駐在を呼んでくれた。村の助役にも連絡してくれたらしく、駐在以外に数人の男性が集まり、共に〝窒息の家〟へと向かった。

彼らがどんな話をして何をしたのかはわからない。奈緒子は〝窒息の家〟には頑として入らず、じっと唯奈と手をつないでいた。横には郁子がいたが、彼女は魂が抜けたような顔でぼんやりとしていた。

そして、車にやってきた禿げ頭の老人に「あんたらは帰れ」と言われ——言われるがまま帰宅した。

電気ストーブがジーッと鳴る音がやけに気になった。時計の針の音が耳にまとわりつく。もうすぐ午後十一時になるところだった。ここ数時間の記憶がひどく曖昧だ。郁子は自室で寝ている。唯奈もだ。奈緒子はふらりと立ち上がると、台所でやたらと冷たい水道水をコップに注ぎ、一気に飲んだ。

数時間前に見た顔が、頭から消えない。——暗闇にぽっかりと浮かんだ死の形相。今にも苦悶の声が聞こえてきそうだ。胃がむかむかして吐き気がこみ上げてくる。

間違いなく、昼間の男女二人組だ。やはり彼らは〝窒息の家〟に行ったのだ。

そして、男は怪談どおりに窒息死して、女は恐怖の余り錯乱したのだろう。

奈緒子は、眉間に手を添えた。眠れそうになかった。瞼の裏に、名も知らぬ男の断末魔の表情が焼き付いている。よしんば眠れたとしても、悪夢をみるのは確実だった。

眠れないのに明日は来る。郁子は朝の五時には目覚めてくるし、唯奈は「お腹が痛い」と朝も夜もろくにご飯を食べてくれない。誰も「休んでいいよ」とは言ってくれない。たとえ死体を見て傷ついても。

奈緒子は、拳をぎゅっと握ると、ソファに振り下ろした。

「ママ」

ふいに声がして顔を上げる。廊下から、パジャマ姿の唯奈が顔を覗かせていた。

「どうしたの？」

「いっしょにねてほしいの」

蚊の鳴くような声だった。

「……そっか。うん、一緒に寝よっか」

奈緒子がそう言うと、唯奈はぱぁっと笑顔を輝かせた。

パジャマに着替えると、二人で奈緒子の布団に入った。唯奈は小さな手で、ずっと奈緒子の服の袖を摑んでいた。やがて、穏やかな寝息が胸許から聞こえてくる。どうやら、すんなりと眠れたようだ。

ぽけっと口が半開きになった寝顔は、赤ちゃんのときと変わらない。まだまだ小さな身体を、奈緒子は抱き締めた。起こさないように、そっと。

目からは、自然と涙がこぼれた。……今更、また怖くなる。

あの家は何なのだろう。母は、何と会話していたのだろう。

ただの認知症の症状ならまだいい。だけど、あの家は変だ。何かがおかしい。異常だ。

もう二度と——母をあの家に行かせてはいけない。

村の助役が家にやってきたのは、翌日の昼過ぎのことだった。

昨夜集まってくれた男性の一人だ。ダウンジャケットを着た六十代と思しき男は山路と名乗り、皺だらけの顔に笑みを浮かべた。

「昨日の夜は大変でしたなぁ。郁子さんにも変わりはないですか？」

郁子は、朝からずっとベッドにいる。もう一人で出歩くことはないはずだ。

すると、山路は式台に座り込み、世間話でもするかのように、昨夜の事件について話し始めた。

死体となって見つかったのは東京から来たライターで、〝窒息の家〟をネタにオカルト記事を書こうとしていたらしい。死因は窒息死。あの家では珍しいことではないので、奈緒子に疑いがかかることはない。〝御家〟にも報告済みでいつものように村で内々に処理するので不必要に騒ぎ立てないでほしい——

まるで行政手続を説明するかのような口調に、奈緒子は待ったをかけた。

「あの……ほ、ほんとなんですか？　〝窒息の家〟に入ったら、窒息死するって」

山路はきょとんとした顔をして、すぐに「あ、そっからですか」と破顔した。

「奈緒子さんはたしか、昔こん村にお住まいやったと聞いたんで、何となくは知ってるでしょうが……ほんまですよ。あの家には、よぉないもんが棲んどるんです」

「よぉないもん……？」

「ええ。これまでも何度か〝御家〟が取り壊そうとしましたが、そのせいでうまくいきません。祈禱師も拝み屋も逃げ出す。まぁ、近々取り壊しを強行するつもりですが、とりあえずは放置してるんです」

「お、お化けとか……幽霊ってことですか？」

「まぁ、わかりやすく言うとそれですわ」

奈緒子は、二の句が継げなかった。彼は、村の助役としてここに来ている。つまり、〝窒息の家〟には幽霊がいて、あの家で人間を窒息死させている——それが村の公式見解なのだ。

にわかには信じられないが、ふと唯奈が話したあの怪談を思いだした。

「それが——あ、あかずめ、ですか？」

そう口にした途端、山路の表情が変わった。

目をカッと見開き、口は一文字に結んでいる。

怒っている——というより、怯えている表情に見えた。

「……どこでそれを聞きました？」

低い声だった。

「ず、ずっと昔に、同級生から聞いたことがあったんです。その子は転校しました」

「〝窒息の家〟で聞いたのではなく？　今日は、それを訊きにきたんです」

「え？　い、いえ……」

いったい、誰から聞くと言うのだろう。

「……そうですか。とにかく、その名前は二度と口にせんでください。あんたもこの村の人間になるんやったら、それとの付き合い方を知らなあかん」

山路の額には、一瞬にして玉のような汗がいくつも浮かんでいた。その様子を見て確信する。彼が言った「よぉないもん」とは、きっとあかずめのことだと。

そのとき、家の奥から「うううう」と唸り声がした。郁子が目覚めたのだ。山路が奈緒子の肩越しに奥を見て「郁子さんにもごあいさつを」と言ったが、「機嫌が悪いですから」と固辞した。

それじゃあ、と山路が立ち上がり、玄関扉に手をかける。奈緒子は、その背中に声をかけていた。

「あの！……昨日の女の人は、無事なんでしょうか？」

振り返った山路は、つまらなそうに言った。

「死にましたよ。ライターと同じ、窒息死ですわ」

6

扉が閉まってから、奈緒子はのろのろと立ち上がった。地の底から響くような呻き声をあげる郁子を宥め、起こして、連れてくると、居間のソファに座らせる。郁子は不穏状態で、背中を丸めながら「ううう」といつまでも泣いている。どうやら、相当寝づらかったらしい。あれでは食事もまだ無理だろう。

少し前までは、母の涙にオロオロとしたものだが、今ではすっかり慣れてしまった。麻痺したと言った方がいいかもしれない。

奈緒子はダイニングテーブルの椅子に腰かけると、テーブルの上で腕を組んだ。郁子のすすり泣く声だけが聞こえる。この家はいつもそうだ。泣き声と、怒鳴り声と、呻き声。線香と加齢臭と糞尿の臭い――これが死の臭いだと思う。

この家はゆっくりと死んでいる。自分も含めて。

カーテンの隙間——窓の向こうには、雪で覆われた田んぼと、死人のような色の山肌。鈍色の空に息が詰まりそうになる。

いつしか奈緒子はテーブルに顔を伏せて眠っていた。

目覚めたのは、話し声が聞こえたからだ。

うっすらと目を開ける。自分の肘の向こうに、ソファで横並びに座る二つの影が見える。誰かが郁子と話している。〝窒息の家〟での出来事がフラッシュバックする。

しかしよく聞くと、相手は唯奈のようだ。いつの間に帰ったのだろう。

ご飯の準備をしなきゃ。だけど身体が動かない。

二人の会話は、まるで幼い子供が二人いるかのようだった。


「そ……、あか……にと……め……て……？　あのおうち……るの？」

「そ……よ。……ずめ……と……ちなの。ずっとあの……ちで……」


何を話しているのだろう。少し気になって、だけどすぐにどうでもよくなる。火照った身体にテーブルの冷たさが気持ちいい。

「プーさん……もつか……ちゃ……」

「……かも……。そし……い……でき……なって……」

「そんなのやだ！」

ひと際大きな声に覚醒（かくせい）しそうになる。だけど、意識は波のように、また眠りの海原へと引いていく。久しぶりに安らかな心地だった。もう少しだけこうしていたい。

夢の中では東京のマンションにいた。春だった。リビングの窓辺でレースのカーテンが揺れ、柔らかな陽射しが射している。唯奈がすぐそばで寝息を立てていた。

けれど、目覚めたとき目の前の現実は違った。ここは古びた木造家屋で、閉じたカーテンの隙間に見えるのは塗りたくったような闇だ。そして、暗がりにいるのは郁子だけ。

唯奈がいない。

奈緒子は寝ぐせのついた髪をかき上げると、電気を点（つ）けて居間を見回した。

「唯奈？」

呼びかけるが返事はない。家じゅうを捜して居間に戻ると、郁子に詰め寄った。

「ねぇちょっと、唯奈どこ行ったの？」

タイミング悪く、郁子は虚脱状態だった。ぼんやりとした黒目がちな目はどこも見

ていない。それでも、唾液がこぼれる口がわずかに動いたので耳を寄せると、

「あし……いたい。てぇも……」

つい溜め息が漏れた。どうにかしてやりたいが、今はそれどころじゃない。

玄関へ走る。唯奈の靴がない。外に出たんだ。

頭が真っ白になった。玄関扉のすりガラスの向こうは暗い。裸足のまま外に飛び出した。砂利道を踏む。庭や家の周辺を見ても、唯奈の影一つ見つからない。

奈緒子は、その場にうずくまった。

パニックになった頭で必死に考える。唯奈。唯奈。唯奈。口はさっきから娘の名前を呼び続けている。落ち着け。捜すんだ。協力してもらって。村じゅうの人。唯奈。昨日母がいなくなったところなのに。どう思われるか。唯奈。どうでもいい。唯奈が大切。行先に心当たり。そう遠くへは。唯奈。あの人にも連絡。意味ない。唯奈。唯奈。唯奈――

そうだ。あの子は昨夜から、プーさんのぬいぐるみを持っていなかった。

たしか、郁子に貸したと言っていた。その郁子も持っていなかった。ベッドの周辺にもなかったと思う。

……〝窒息の家〟だ。

ぬいぐるみは、郁子があの家に忘れてきたんだ。

さっきの会話は、郁子がそのことを唯奈に教えていたのかもしれない。それであの子は、一人でプーさんを捜しに行った。

奈緒子は玄関に戻ると、車のキーとコートを取って庭へ向かった。車に乗り込んだところで、郁子の存在を思い出す。一刻を争うが、放っておいたら何をするか。

ハンドルに両手を叩きつけた。再び家に戻って、抱えるように郁子を連れ出す。せめて、されるがままだったことが幸運だった。

道すがらに唯奈の姿を捜す。家に入る前に見つけられれば――そう願ったのも虚しく、〝窒息の家〟が見えてきた。表門を抜け、前と同じく敷地内に車を停める。

タイヤが砂利を踏む音、そして、ドアが閉まる音が響いた。

玄関扉に向かおうとしたとき、

「な――奈緒子」

背後から声がかかる。郁子が、車のドアを開けて、外に出ようとしていた。

「唯ちゃん、お、おらんなってしもたんやろ。わ、私も……」

名前を呼ばれた。意識がクリアな状態だ。――それでも。

「お母さんは車で待ってて。危ないから」

「でも……」

「時間がないの！　お願いだから、余計なことしないで！」

郁子は泣きそうな表情になった。そのまま身体を引っ込めて、自らドアを閉めた。

奈緒子は家の方を振り返る。玄関扉に駆け寄って開けようとして――あのライターの死に顔が頭をよぎった。

……また入るの？　この家に。……あんなに怖かったのに？

もしかしたら、今度は自分が死ぬかもしれないのに？

奈緒子は、頭(かぶり)を振った。唯奈が今も助けを求めているかもしれないのだ。ためらっている暇なんてない。あの子だけは、何があっても守らなければ。

奈緒子は息を吐くと、思い切って扉を開けた。

7

襖(ふすま)を開けると、唯奈が振り返った。懐中電灯の光に、まぶしそうに顔をしかめている。

丹頂の襖絵がある大広間。彼女は襖を開けてすぐのところで泣いていた。

「ママ……」

「唯奈！」

奈緒子は駆け寄ると、娘の身体をひしと抱き締めた。温かい。動いている。心臓の音が聞こえる。当たり前のことが奇跡のように感じられる。ここに来る前にすでに泣いていたが、涙はさらにあふれた。

「ごめんね。もう、大丈夫だから」

「あのね、唯奈ね、プーさんとりにきたの。おばあちゃんが、ここにわすれたって」

「うん、うん。わかってるよ。帰ろう」

奈緒子は唯奈を抱き上げた。唯奈は首に抱き着いてくる。その重さに驚いている場合ではない。きびすを返すと大広間から脱出し、中庭に降りた。雑草にまみれた中庭にも砂利が敷かれていて、じゃっじゃと足音を鳴らしながら内蔵の横を通り抜ける。

振り返ったのは、何かの気配を感じたからだ。

開きっ放しの襖——その奥から、人間が出てきた。

セーラー服の女の子だった。

その子は廊下に立って、じっと奈緒子たちを見ていた。悲しそうな目で。

背筋に冷たいものが走った。あれが……あかずめなのだろうか。

とにかく走った。庭を大回りして、車まで全力で駆ける。

もう大丈夫だ。そう思った矢先、奈緒子の足は止まった。

「……ママ？」

懐中電灯を車に向ける。その後部座席に、郁子の顔が見える。

ガラスに両手を突いて、大きく口を開けている。

娘と孫の無事を喜んでいるようには見えない。何かに怯えているようだ。口を閉じたり、開いたりしている。叫んでいる。なのに、声は全然聞こえてこない。……この距離で？　あの車にそこまでの防音性はない。

窓を必死に叩いている。車が揺れている。その音もしない。

奇妙なものを感じて、奈緒子の足は進もうとしない。

その顔は、必死に「出してくれ」と訴えているようにも見える。

あるいは、「こっちに来るな」と警告しているようにも。

「……おばあちゃん、何してるの？」

わからない。出たいなら出ればいい。鍵はかけていない。なのに母はそうしない。

まるで——閉じ込められているみたいに。

郁子はますます激しく窓ガラスを叩く。その様子は、半狂乱、と言ってよかった。白髪を振り乱し、額を何度もガラスに打ち付けている。両目は完全に上転して白目を剝いていた。開きっ放しの口から唾液がこぼれて糸を引いている。顔色がみるみる悪くなっていく。

足が動かない。助けなくては。そう思うのに、身体が言うことを聞かない。

「くろい、おうち」

唯奈が言った。

「くろいおうちがある。くるまの中。おばあちゃんのうしろ」

黒いおうち――？　奈緒子は目を凝らした。

けれど、そんなものは見えない。

「あるってば。ほら、中から――」

そう言いかけた唯奈の顔を、奈緒子は、自分の胸に押し付けた。

「いいから、ちょっとだけこうしてて」

「でも、おばあちゃんが」

「いいから。ちょっとだけ。もうちょっとだけ」

もうちょっとで――全部終わるから。

見なくていい。祖母が窒息死するところなんて。

母親が、祖母を見殺しにするところなんて。

丸い光の中で暴れる母を、奈緒子はまばたきもせずに見つめる。

それがせめてもの、奈緒子にできる弔いだった。

思い違いをしていた。あかずめに遭遇するのは、あの家の中だけではなかったのだ。

この家の敷地全体が、あかずめのテリトリーなのだ。

母は今、あかずめに襲われている。

「え？」

窒息死させられようとしている。

「ママ」

窓を叩く手が止まった。酸欠の金魚のように、口をぱくぱくと動かしている。あるいは、自分を助けようとしない娘への恨み言を叫んでいるのかもしれない。もしくは、問いかけているのかもしれない。

「もう少しだから」

この罪を背負う覚悟が、お前にあるのかと。

もう少しだから。もう少しだ。奈緒子は繰り返す。それは唯奈にではなく、自分自身に言い聞かせていた。もう少しだ。あとちょっとで……私たちは解放される。

この閉じた村から。奴隷のような生活から。

小さな黒目と目が合う。……ねぇ、もういいんでしょ？　そう言ってたでしょ？　やっぱり土壇場になって「死にたくない」なんて言うの？　娘の人生を踏み躙(にじ)ってでも「生きたい」って？

奈緒子は動かない。せめて祈る。——郁子の意識が、虚空を彷徨(さまよ)っていることを。せめて、死の恐怖をあまり感じずに逝けるように。

そのとき——ガラス越しに見る郁子の表情が、ふっと揺らいだ気がした。

——な、お、こ……


声は聞こえなかった。唇がわずかに動いただけだ。

それが、母の最期の言葉になった。

郁子の頭はずるりと窓の下へ沈んでいった。残された右手がガラスの表面につっかえながら、しかし途中で唾液(だえき)に滑って、あっけなく視界から消える。ナメクジが這(は)ったような唾液の跡だけが、懐中電灯の光を反射してキラキラと光っている。

奈緒子は、その場にへたり込んだ。

そして、自分がずっと呼吸をしていなかったことに気づいた。

8

車は、住宅街の道路を走っていた。

インパネのデジタル時計は、午前八時二十分を示している。ちらりと、すぐ横にある小学校のグラウンドを見た。青いフェンスの内側には、桜の木々が並んでいる。散った花びらが、アスファルトの道路をピンク色に染めていた。

ルームミラーを見ると、後部座席でジュニアシートに座った唯奈が、無表情で景色を眺めている。その腕には、プーさんのぬいぐるみが抱かれていた。

「もう着くよ。……今日はいけそう？」

訊くと、唯奈は「うーん」と曖昧に返事をした。幼い顔に似合わないしかめっ面で、

「ママ……まど、開けて」

と言った。花粉が入るので嫌だったが、唯奈が言うならしかたない。運転席で操作して後部座席の窓を開けると、四月の朝陽に暖められた空気が車内に流れ込んだ。

車を校門近くに停める。振り返ると、前を見ていた唯奈と目が合った。

「着いたよ。どうする？」

もう一度訊くと、唯奈は「いく」と言って、シートベルトを自分で外し始めた。奈緒子は、ホッとして笑顔になる。腕を伸ばして、唯奈の隣の座席に置いてあったランドセルを取ると、後部座席の窓を閉めて車を降りた。唯奈の座席のドアを開けて、執事のように降りてくるのを待つ。唯奈は車から出ると、母親の顔をじっと見た。

「お迎えは？」

「いらない。今日は、ミサちゃんたちと帰る」

「そっか。じゃあ、ママおうちで待ってるね」

にっこりと微笑んだが、唯奈は笑顔を返してはくれなかった。車の中を一瞥してから、また奈緒子に視線を向ける。

「……ママは、わかんなかったの？　いまはもうないけど」

「何が？」

「くさくなかった？」

「車の中？　え、臭かった？」

「やっぱり、ママには見えないんだね」

そう言って走り出そうとする唯奈の腕を、奈緒子は捕まえた。

引き戻して、小さな両肩を摑む。

「ねぇ唯奈。それさ、何回も言ってるけど……そろそろちゃんと教えてくれてもいいんじゃない？　唯奈には、何が見えてるの？」

丸い、大きな瞳に、奈緒子の不安げな表情が映っている。

「……あかずめ」

……やっぱりそれか。奈緒子は、溜め息が出そうになるのをぐっと堪えた。

「あのね、唯奈。大丈夫だよ。あかずめなんていないの」

「いるよ。おばあちゃんが言ってた。あかずめは、人を閉じこめてころすんだって。〝ちっそくのいえ〟のおねえちゃんがそう言ってたって。だから、おばあちゃんも」

「おばあちゃんのことは、事故なの」

思わず語気が鋭くなった。

「あの人は……ママたちが車に着く前に死んじゃってたの。そうだったよね？」

唯奈は黙っている。その表情が歪んでいくと思ったら、肩を掴む手に力が入っていた。ぱっと手を離す。嫌な感触を拭うように、太ももで掌を擦った。

「……ごめん。ほら、もう行く？　それともやっぱり、今日もおうちでママと遊ぶ？」

「ううん、いく」

唯奈はきびすを返した。ランドセルを揺らして走る。

しかしすぐに足を止めて、振り返った。

「……ずっとママのとなりにあったよ。くろいおうち。くるまのなか」

そう言って、運動場の方へ駆けて行った。

郁子の死から、三か月が経とうとしていた。

事件の後、奈緒子たちは東京に戻った。郁子がいなくなれば、冠村に留まる理由はなかったからだ。新年度が始まる前に、以前の小学校に戻れたのは幸運だった。

村を出てからも、唯奈は不安定だった。ときどき何もない空間をぼんやり眺めていたかと思うと、「くさいにおいがする」と訴えることが何度かあった。それだけでなく、トイレや浴室や車の中に入るのを嫌がるようになった。最近は落ち着いてきたが、東京に戻った直後は、日常生活もままならないほどだった。

車の外から後部座席を見ると、ジュニアシートの上に、プーさんのぬいぐるみが座っていた。

……あの日、唯奈が〝窒息の家〟に行った理由は、やはり、郁子にプーさんをそこに忘れたと聞かされたからだった。りゅうじくんに「あくま」だと吹き込まれても、あのぬいぐるみを手放す気にはならなかったのだ。

〝窒息の家〟に行った唯奈は、何とたった一人であの大広間までたどり着いたそうだ。襖（ふすま）を開けると、〈おねえさん〉がいた。真っ暗なのに、〈おねえさん〉の姿だけははっきりと見えたらしい。

〈おねえさん〉はにっこりと微笑みかけ、手招きした。その笑顔に恐怖心が少しだけ和らいだという唯奈は、襖を閉めて〈おねえさん〉に近寄ろうとした。

しかし、その直後に〈おねえさん〉は消えてしまい、あたりは真っ暗になった。パニックになった唯奈は慌てて大広間から出ようとしたが、襖が開かなかったらしい。戸惑っていると、家全体に漂っていた腐臭――唯奈はただ「くさいにおい」と言っていたが――が強くなり、どこからか「がりがり」という音が聞こえたらしい。これに関しては、何の音なのかよく意味がわからない。とにかく、恐怖のあまり大声で泣いていると、しばらくしてから奈緒子が入ってきたという。

だが、奈緒子には唯奈が泣き叫ぶ声など、一切聞こえなかった。

郁子のときもそうだった。車内の声も音も、全然外に漏れていなかった。

そして、開かなくなった襖。今さっき、唯奈から聞かされたことにつながる。

あかずめは、人を閉じ込めて殺す。

恐らくあのとき唯奈は、殺されかけていたのだ。あかずめに。

〈おねえさん〉――あの、セーラー服の女の子に。


すでに唯奈の後ろ姿は見えなくなっていた。

奈緒子はドアを開けて運転席に乗り込むと、車を発進させた。

ラジオからは、機械音声じみたアナウンサーの声が流れている。

『――東京都世田谷区の自宅で、当時八十七歳だった父親の首を絞めて殺害したとして、殺人の罪に問われている荒木田敏文容疑者の初公判が昨日、東京地裁で開かれました……』

続く言葉は、想像したとおりだった。「介護疲れ」「うつ状態」「包括的な支援体制が求められる」――少し前までならどこか他人事だと思っていた事件が、今では痛ましいほど身近に感じる。

殺した方につい同情してしまう。「頑張ったんだよね」と共感してしまう。

もちろん、彼らのしたことは間違っている。愚かしいことだと思う。

それでも、心は揺り動かされてしまう。

奈緒子は、母が残したメッセージを思い出した。

郁子が亡くなる一日前、ベッドの枕元に置かれていた便箋(びんせん)に記された遺書。

なおこへ
かえって　きたときは　うれしかった
たくさん　めいわく　かけました
このいえは　いきぐるしい
あとは　じぶんで　なんとかします

あの、ミミズがのたくったような字が目に焼き付いて離れない。「感謝」と「謝罪」、そして最後の「決意」。その三つに挟まれた「いきぐるしい」という言葉こそ、母の本音のような気がした。

あれを読んだとき、母が自分と同じ、感情のある人間だと思い出した。

食べて、寝て、排泄(はいせつ)するだけの動物――実の親をそんな風に思っていた。

いらいらした娘と、怯える孫、そして何もできない自分自身。

母もまたそんな家を「息苦しい」と感じていたのだ。

だから彼女は、自ら〝窒息の家〟に向かった。

理性を取り戻しているうちに、これ以上、娘と孫の負担にならないように、自分自身を「なんとか」しようとしたのだろう。

だとしたら、彼女が最後に見せた表情――あれは、会心の笑みだったのだろうか。

ようやく娘を自由にしてやれることへの喜びから表れたものだったのだろうか。

それとも――

赤信号につかまる。停車しているとふいに、ある男性の声がよみがえった。

「――すると、ええと、あなたが車に戻ったとき、郁子さんはすでに亡くなられていたということですか」

事件から数日後に家を訪ねてきたのは、スーツ姿の、すらりとした若い刑事だった。初めて見る顔だ。奈緒子は、ひどく驚いていた。〝窒息の家〟で起きた事件については疑いがかからないと、山路が言っていたからだ。

「……何度も申し上げたとおりです。これ以上お話しすることはありません」

「しかしですね、郁子さんのご遺体には、いくつか不可解な点があるんですよ」

若い刑事は、ボロボロの黒い手帳を片手に食い下がる。爽やかな外見とは裏腹に、スッポンのようにしつこい。玄関に半身を押し込んで、決して引こうとしない。

チラリと見ると、門の外にはもう一人、黒いコートを着た、刑事と思(おぼ)しき人物が立っていた。こっちは、遠目にもわかるほど髪に白いものが交じっていて、五十代くらいに見えた。紫煙を燻(くゆ)らせながら、鋭い眼光を奈緒子に向けている。

しかたなく、奈緒子は会話を続けるしかなかった。

「郁子さんのご遺体には、首を絞められたり、口や鼻を塞(ふさ)がれたりした痕(あと)はなかった。一酸化炭素中毒の疑いもない、気道が詰まったわけでもない。なのになぜか息ができなくなって、窒息死を迎えた――何かおかしいと思いませんか？」

「おかしいと思います」

「え？」

「何か、理屈では説明がつかない……不思議なことが……あの家では起こるんだと思います。でも、私にはわかりません」

奈緒子に言えるのはそれだけだ。それ以上のことは知らないし、知ろうとも思わない。あの家のことは一刻も早く記憶から消し去りたい。

失礼します、と玄関扉を閉めようとした。

けれども、刑事が足でそれを阻止する。

「ちょっと、待ってください」

「帰ってください。あの家については、もうお話しできることはないですっ」

「では、あの家でなく、この家で起きていたことの話をしましょうか」

「……どういう意味ですか？」

「郁子さんのご遺体には、いくつか不可解な点があると言いましたね」

「だから、私は全然」

「本当にご存じないんですか？——どうして郁子さんの身体が痣だらけだったのか」

奈緒子は、全身から汗が噴き出るのがわかった。

唇を舐めて、事前に用意していた言葉を何とか出そうとする。

「は……母は認知症でしたから。暴れたり、ふらついたりして、その、家の中で身体をぶつけることがよくありました。だからだと思います」

淡々と答えるつもりだったが、本物の刑事を目の前にして、動揺を隠せなかった。

「そうですか。じゃあ、痣が服で隠れて見えないところに集中していたのも、郁子さんが偶然、そういう風にぶつけたからということですね？」

刑事は、瞬きもせずに奈緒子の顔を見つめている。

「そ、それは……」

「手首と足首にはきつく縛られたような痕がありましたし、爪は無理やり剝がされたような痕が残っていました。これについてもご存じないと？」

「だからそれは！」思わず声が大きくなる。「……だから、あ、暴れるんですって。それに、本人のためでもあったんです。うちには小さい娘もいて、だから、そう、動物を相手にしているようなものなんです。ベッドから落ちたら危ないから。だから、だから……止むを得ない場合もあるでしょう？」

まるで懇願するような口調になる。媚び諂うような笑みを浮かべていると自分でわかる。しかし、目の前の男の表情は変わらなかった。汚い物を見るような目に、奈緒子は奥歯を噛み締める。そして思う。――何様なんだ、こいつは、と。

安全圏から綺麗ごとばっかり言って。正義漢面して。

こんな、本当の意味での人生の苦労を知らない若造に。仕事さえしていればいいような奴に――どうして私が見下されないといけないのか。

「こっちだって、必死だったんです。あなたにはわからないでしょうけど」

刑事は、手帳をぱたんと閉じた。

「――最低だな、あんた」

プッと短いクラクションが鳴った。いつの間にか信号が青に変わっている。

緩やかにアクセルを踏むと、車は動き出した。

……初めて母に手をあげたのは、村に引っ越して一か月が経ったある日のことだ。

離婚の解放感と帰郷の喜びはすっかり消え失せて、慣れない介護にフラストレーションが溜まっていた。そこで、郁子の傍若無人な振る舞いが引き金となった。

晩ご飯のシチューを、郁子がひっくり返したのだ。熱々のシチューを腕にかけられて、怒りが一瞬で沸点に達した。ほとんど反射的に、彼女の頭を思い切り叩いた。

幼子のように泣く母を見て、ほんの少しだけ気分が晴れた気がした。

だが、すぐに罪悪感で胸がいっぱいになる。

もう二度としない。

そう誓ったのに、一度してしまうと歯止めが利かなくなった。

それから、気に入らないことがあるたびに体罰を与えた。殴る、抓る、叩く、引っ掻く——次第に、奈緒子は母に対する暴力に負い目を感じなくなった。

言葉で通じないなら身体で覚えさせるしかない。これは、母と私の新たなコミュニケーションだ。躾だ、愛の鞭だ——

そう自分に言い聞かせて、どれだけ母を傷つけただろう。

オムツをせずにベッドで漏らしたときは、後頭部を拳で殴った。

お風呂でシャンプーを嫌がったときは、顔にシャワーをかけ続けた。

味噌汁をこぼしたときは腕を捻り上げようとしたが、唯奈に制止された。

ろくに散歩に行かなかったのは、村人たちに痣を見られるのが怖かったからだ。一人で〝窒息の家〟に行った翌日からは、ビニール紐でベッドに縛り付けた。山路が「あいさつを」と言ったときは肝を冷やしたが、すんなりと引き下がってくれて助かった。少しきつく縛り過ぎたのは反省点だろう。

唯奈がいなくなったとき、こっちは居場所を尋ねているのに、足が痛いの何だのと無関係なことを言い始めたときは、本当にどうにかしてやりたいと思ったものだ。

今思えばおかしくなっていたと思う。離婚、環境の変化、シングルマザーとして子育てをする重圧、そして介護のストレス……それらが自分をおかしくしたのだ。

そうでなければ、実の親に暴力なんて。

母が最期に見せた笑みを思い出す。あれはもしかしたら、奈緒子を解放できることへの喜びではなかったのかもしれない。

むしろ逆――娘の暴力から解放されることを喜んでいたのではないだろうか。

マンションの駐車場に着いた。

エンジンを切って、深い溜め息と共にシートにもたれる。

……こっちに戻ってきてから、あの刑事は姿を見せていない。どこの所属か知らないけれど、所轄が違うのか、諦めたのか。何にせよ、三か月も音沙汰がないなら、もう安心だろう。

被害者である母はもういない。窒息死の件でも、奈緒子を裁くことなどできないはずだ。あれは、あかずめがやったことなのだから。

あかずめ――

〝窒息の家〟に巣くう、人を閉じ込めて殺すお化け。

笑みがこぼれた。冠村にいた三か月は、まるで長い悪夢を見ていたかのようだ。

そして振り返ってみれば、全てが滑稽に映る。母も、村人たちも、自分自身も。

悪夢は、眠っているときは恐ろしいけれど、目覚めてしまえば何ということもない。

私はもう、あの家からも、あの村からも脱出したのだから。

そしてもう二度と、あの家にも、村にも、近づくつもりはない。

奈緒子は、シートから身を起こした。

これで終わりだ。もう考えないようにしよう。

そろそろパートの仕事を探そう。

唯奈と二人、幸せに暮らしていくためにも。

窓の外には春の陽射しが注いでいる。

奈緒子は助手席に置いてある鞄を摑むと、ドアハンドルに手をかけた。

第二章　呪いの死者

1

せっかくだから別ルートで行きましょう、と高橋海斗が言った。酒のせいで呂律が回っていなかった。

××県冠村——山々に囲まれた、陰鬱で小さな村にある、大きな日本家屋。お化け屋敷の題材にでもなりそうな、いかにもな佇まい。

近く取り壊す予定なのか、表門は「キケン立ち入り禁止」と書かれたテープで塞がれていた。それを避けて侵入すると、庭にショベルカーがあった。それはアームを宙で浮かせたまま、凍り付いたかのように沈黙していた。

静まり返った屋敷の中は、床板を踏む「みし……」という微かな音さえ妙に大きく響いた。それを聞くたびに、この家にとって自分たちが異物であると思い知らされる。フィールドワークと銘打ってきたが、実際はただの肝試しだ。そういう連中は多いらしく、やたらと広い玄関は、ペットボトルや酒の空き缶などのゴミであふれていた。

玄関から百八十度、懐中電灯で照らしてみる。……倒れた襖、どす黒く変色した畳、散乱したがらくた、崩れかけている天井——

そして、肉の腐ったような臭い。

樋口友貴は、無意識に手で鼻と口を押さえた。……まったく入る気などしないが、先に別の車で到着した三人は、もう中にいるのだろうか。別ルートも何も、先遣隊がどの方向に行ったのか定かではない。そう言いかけたとき、屋敷のどこかから、別所加奈の声がした。

「——ちょっと、裕生、待ってってば」

やや遅れて、「早いって、真殿くん」とぎこちなく注意する佐々山健吾の声が、奥の方から聞こえた。どうやら三人は、玄関に入って真っ直ぐ進んだらしい。

「だったら俺らは、右に行きましょう」

言葉とは裏腹に、高橋は先頭に立つつもりはないらしい。斜め後ろで、友貴が先に進むのを待っている。似合わない金髪、頬骨がゴツゴツした顔と、主張が激しい金のネックレス……友貴は呆れた視線を送りながら、右手の和室へと進んだ。ここで入らずに、臆病風に吹かれたと思われてもつまらなかった。

八畳ほどの広さの、正方形の和室。目が荒れ切った畳は、踏むとまるで動物の腹部のように柔らかく撓んだ。畳が剝がされた部分は、穴だらけの荒板が剝き出しになっている。光を向けると、倒れた和簞笥の下からヤモリと思しき生き物がさっと出て、荒板の穴に逃げ込んでいった。

次は左に行く。五畳ほどの部屋。懐中電灯の光が、倒れている仏壇を照らし出した。ということは、ここは仏間だろうか。

右手にも部屋があったが、直進すると長い畳廊下がある。そっちへ進むと、左手には襖絵が並んでいた。ずいぶん傷んでいたが、鶴が飛翔(ひしょう)している絵だとわかる。ちょうど友貴たちの進行方向に向かって、八羽の鶴が羽を広げていた。

湿った空気が肌にまとわりつく。歩くと、砂かガラスの破片かがじゃりじゃりと鳴った。奥へ進むたびに、腐臭が濃くなっていくようだ。

「くっさいね。何だこの臭い……」鼻をつまみながら、友貴は笑った。

「真殿くんたちは、大丈夫かな」

問いかけか独り言か、どちらとも取れる声量だった。

後ろの高橋が、「あー」と声を出す。

「大丈夫だと思います。ユーセイの奴、メンタル鬼なんで」

「ははは。そっかぁ。鬼かぁ」

友貴は苦笑したが、背中越しでは伝わらなかったらしい。高橋は「へへへ」と笑った。……どうしてこいつはこう、言葉選びが馬鹿っぽいのだろう。学部と院で違うとは言え、同じ大学に在籍していることが信じられなかった。

友貴は、真殿裕生の顔を思い浮かべた。高橋と同じ学部の三年生で、まぁ、こいつよりははるかに女ウケはよさそうだ。落ち着いた茶色に染めた短髪と、整った顔立ち、ほどよく引き締まった肉体――連れて歩くなら、男だってあっちの方がいい。

「いや、でも、マジで友貴先輩と組めてよかったっす。俺めっちゃビビりなんすよ」

「そうなの？　ごめん、俺もめっちゃビビってたりして」

「ええ？」

「はは、空手やってたんでしょ？　頼りにしてるよ」

「は、はい。任せてください」

別所加奈たちの声が、遠くから聞こえる。

ふと、後ろを歩く高橋海斗の呼吸が乱れていることに気づく。どうやら――呼吸が苦しいのは自分だけではないらしい。この家に入ってからというもの、標高の高い山にいるみたいに息がし辛（づら）い。

まるでずっと、見えない手に首を絞められているような……

この家は、変だ。何かがおかしい。

畳廊下を抜けると、三畳の小さな部屋に出た。恐らく、来客用の控室だろう。

さらに奥があるが、これ以上は、行く気になれなかった。

「……そろそろ帰ろうか。これ以上探しても、何も見つかりそうにないし」

「え、もう帰るんすか？」

高橋は、赤い目を丸くした。

「だって、つまんないよ。臭いし、何か息苦しいし」

「じゃあ、最後に、この奥のもう一部屋だけお願いします。それで帰るんで」

「行けば？　俺は車に先に戻ってるよ」

「いや、それは。俺一人は無理っすよ。先輩いないと」

ね、ね、と人差し指を立てて懇願され、友貴は「しゃーなしだぞ」と前に向き直る。真面目に取り組んでいるようには見えなかったが、民俗学サークルに所属しているだけあって、この場所に知的好奇心をそそられているのだろうか。

少し待ってみたが、やはり先導する気はないようだ。しかたなく、友貴は襖の引手に指をかけた。すうーっと襖を開くと、空気の流れから、想像よりも広い空間があることに気づく。大広間だ。奥の方へ懐中電灯を向けて――友貴は、ぎょっとした。

大広間の真ん中あたりに、セーラー服の女が立っていた。

「え、あ」

予想もしていなかったことに、身体が硬直した。

遅れて、背後から高橋が「うおっ」と声を漏らした。

セーラー服の女は、腐った畳の上を歩いて近づいてきた。だが、足音が一切しない。

顔に正面から懐中電灯の光があたっても眩しがる風もなく、薄っすらと微笑んでいる。

全身の毛が逆立った。

「ど、どなたですか？」

高橋の問いに、女は答えなかった。

「……すみません、僕ら、東京の大学の学生で。悪さするつもりは」

友貴が言った。女は近づいてくる。

女を照らす光の円が細かく震えているのは、友貴の手が震えているせいだった。

つい数時間前に、民宿で聞いた言葉を思い出す。

――〝窒息の家〟に行くんは、やめとった方がええです
――悪いもんがおるんです。何や、バケモンに首ぃ絞められるとか……

じゃり、と靴の裏で砂が鳴った。足が勝手に下がっていた。
そんなわけがない。バケモンなんているわけがない。
そう思った矢先、
……**わたしは**……
声が聞こえた。消え入りそうな声。

だが、はっきりと耳に届く。

……わたしは……しゃ……

女が繰り返す。耳を疑うような言葉。

……呪いの……

黒い靴下を履いた女の足がまた一歩、畳を踏んだ。

短い悲鳴と共に、後ろで派手な音がした。高橋が尻餅をついたのだと気配でわかる。

女はいつの間にか、すぐ目の前まで迫っていた。

赤い唇が、微かに動く。

……あかず……人を……込め……す——

細い指が、首元に伸びる。

……あかず……人を……込め……す——

吐息の温度が感じ取れそうなほど、女が顔を近づけてくる。

……あかず……人を……込め……す——

女の手が首に絡みつく。冷たい。まるで蛇に巻きつかれているみたいに。

息が苦しい。朦朧とする意識の中、今度は、別の女の声が聞こえた。

——**ここから出して……出して……**

お願い……ごめんなさい、出して——

すがりつくような声は、視界が暗転していくと共に、消えていった。

2

7月8日（月）　午前7時19分

目が覚めると、自宅の寝室だった。

白い天井が目に飛び込んでくる。目を開けた拍子に、まつ毛に溜まっていた汗が弾けたのがわかった。視線を下にやると、胸が激しく上下している。

喉が痛いくらいに渇いていた。

じわじわと、意識が現実に馴染んでいく。……夢だ。またあの夢をみたんだ。

見ると、枕元の目覚まし時計は、朝の七時二十分を示している。友貴は、のっそりと起き上がった。寝巻のTシャツは、汗でじっとりと濡れている。クーラーのタイマーが切れていたが、寝室にはまだ微かに冷気が残っていた。

同じベッドの上では、同棲相手の若本沙織が、こっちに背を向けて眠っている。

「おはよう、沙織」

寝顔を覗き込むと、彼女はうっすらと目を開けた。――半目でもわかる大きな瞳と、真っ直ぐに通った鼻筋。窓から射し込む朝陽を受けて、シャープな顎のラインが影を作っている。まだ微睡んでいるためか、反応が鈍い。こんな状態でも美しい彼女を見て、友貴は、つい今しがたみた悪夢も忘れて、幸福感に満たされた。

「とも、き……」

「起きなくてもいいよ」

ベッドから降りると、友貴は、換気のために窓を開けた。途端に熱気が流れ込む。それまでぼんやりとしていた蝉の声が、急に輪郭をはっきりとさせた。

空は、雲一つない快晴だ。

「今日から夏休みだったよね？」

確認のために尋ねると、沙織は、横になったままコクコクと頷いた。彼女が勤める会社では、毎年、夏休みの時期が異なる。今年は連続した休みが取れてラッキーだったが、たった三日間だ。大学院生の友貴は来月から夏休みを迎えるが、就職すれば二か月の夏休みが三日ほどに激減するという事実には、ほとほと労働意欲を削ぎ落される。そう考えると、普段の仕事で疲れ果てているであろう沙織に、深い同情を抱いた。

「もうちょっと寝てる？」

沙織は、薄目を開けたまま、うぅん、と返事なのか寝言なのかわからない声をあげた。その様子は、まるで十代の少女のようだ。

　気温はすでに上がりつつある。空気の入れ替えを終えると、友貴は再び窓を閉めた。

「友貴……」

「うん？」

「……うなされてたよ。寝言もすごかった」

「起きてたの？」

「うん……大丈夫？」

「またあの家の夢だよ。不安になるとみちゃうみたいだ」

「そっか……安心して、大丈夫だから」

「うん。沙織も、がんばってね」

　友貴は、沙織の髪をそっと撫(な)でると、クーラーを再び起動させて、寝室を出た。

　リビングのテーブルで、牛乳に浸したシリアルを頰張りながら、今朝みた悪夢のことを考えた。先月末に、沙織と、同じゼミの友人である佐々山健吾、そして飲み会で知り合った学部生三人――高橋海斗、真殿裕生、別所加奈で行った旅行での一場面。

　あの日以来、もう三回も同じ夢をみている。

〝窒息の家〟で、あの〈セーラー服の女〉に出遭う悪夢。

　初めて夢にみたのは、先週の月曜だったろうか。

友貴は、その日の朝のことを思い出した。

「――〝窒息の家〟だっけ？　そんな、恐ろしい名前のとこに行くから」

トーストにブルーベリージャムを塗りながら、沙織は呆(あき)れた声を出した。

「好きで行ったんじゃないよ。先輩として、しかたなくだ」

友貴は、自己弁護する。

「嘘。自分も楽しんでたくせに。もうお化けなんて信じる歳でもないでしょ」

「学生だからね。心霊スポットくらい行くさ」

そう言って、友貴は沙織のトーストを横取りした。沙織は「もう」とふくれながら、危ない遊びを止めない息子を見るような視線を向けてくる。一回りも歳が離れた恋人のそうした表情に、友貴は常日頃から、くすぐったい悦(よろこ)びを感じていた。

二十四歳と三十六歳。

世間でいうところの、いわゆる「歳の差カップル」になるのだろう。

「そっかそっか。友貴くんは今、青春真っ盛りだもんねぇ」

沙織は、からかうように言った。

「心霊スポットでしょ？　サークルに、飲み会、合コン……」

指折り数える沙織の頬を、友貴は突っついた。

「あら、若さが羨ましい？」

「ええ、とっても」

沙織は、ツンとした態度で言う。

「そのうち、おんなじ大学生のカノジョでもおできになるんじゃないですか？　何だったっけ、ユミちゃんだったかな」

唐突にその名前を出されて、友貴はドキリとした。ユミとは、高校にいたときに付き合っていた女性の名前だが、数週間前に寝言で口にしてしまったらしい。おかげでその後は、交際史上二番目の大ゲンカになってしまった。

沙織が苛立ち始めていることを悟り、友貴は、ことさら優しい声を出した。

「浮気はしないって、絶対」

「ほんとに？」

「うん」

「……私もしないよ」

「うん。知ってる。……不安？」

不安じゃないけど……と、沙織は押し黙った。ふくれっ面は、年齢よりもずっと幼く見える。

「いいじゃん、歳の差カップル。『人のセックスを笑うな』みたいで」

「……全然違うでしょ。しかも、あれは十九歳と三十九歳だし」

「それに、沙織くらい綺麗な子は、大学にもいないよ」

「ふーん、でも、そんなお子様と比べられても、嬉しくないので」

沙織がわざとらしく髪をかき上げて、友貴は思わず笑った。口許が綻んでいるところを見ると、言葉とは裏腹にまんざらでもないのだろう。

事実、沙織は美しかった。やめとけよ十二歳差なんて――〝良識派〟の男友達はみんなそう言う。

だが、沙織の写真を見せると彼らは一様に押し黙り、「これは手放すのは惜しいな」と頷くのだ。


沙織と出会ったのは一年前、大学院で知り合った女性とのデート中だった。夜、繁華街を歩いているときに、居酒屋のテラス席で一人飲んでいる彼女を見つけたのだ。

サラリーマンや大学生が騒いでいる中、きっちりとしたスーツ姿で静かにグラスを見つめている沙織は、その美貌も相まって、並んで吊るされた赤提灯の下、妖しく輝いて見えた。

友貴は隣にいた同い年の女性にその場で別れを告げて、沙織に相席を申し出た。

「――ごめんなさい。知らない人とは飲めません」

すでに座りかけていた友貴は、面食らった。ルックスに自信のあった彼は、女性が自分の誘いを断るなど、予想もしていなかったのだ。

「酔ってはないんです。飲むとすぐ酔っちゃうから、こうやってちびちび飲んでるの」

その手許には、雑誌があった。彼女はインテリアプランナーとして働いていて、毎週金曜日、ここで酒を飲みながらインテリア雑誌を読むのが至福とだけ教えてくれた。

へぇ、俺もインテリア好きだよ——そう言ってさりげなく隣の席に座ろうとすると、沙織はにこやかに「どうぞ、お一人で」と立ち上がった。

それからは、根気の勝負だった。毎週金曜日、友貴は同じ居酒屋に行き、一人で飲んでいる沙織に相席を申し込んだ。何週間かは無視されたが、ある日、たまたま同じ雑誌を持っていたことで、ようやく同席することを許された。しかし、インテリアの知識でコテンパンにされ、さらに翌週には、あらゆるインテリア雑誌の記事を頭に詰め込んで、リベンジした。

勝因は、その夜の彼女のネイルのデザインが、倉俣史朗（くらまたしろう）の《ミス・ブランチ》のバラ柄だと気づいた点にあったと思う。

それ以降は、インテリア以外の話もするようになり、出会ってから三か月で交際がスタートした。ワンナイトが主だった友貴にしては、信じられないくらいの長期戦だ。女性と付き合えて心から喜んだのは、いつぶりだったろうか。

会えども会えどもなびかない、それどころかこっちを子ども扱いしてくるような彼女の態度に、しまいには友貴の方が夢中になっていたのだ。

交際してから半年後には、同棲が始まった。沙織が借りているマンションが友貴のアパートよりも大学に近く、入り浸っているうちにそうなった。なし崩し的な同棲に、真面目な沙織はやや不満げだったが、生活費は多めに払うという条件で承諾してくれた。最初のガードは堅いが、懐に入ってしまえばトントン拍子、というタイプなのかもしれない。

インテリアプランナーを職業としているだけあって、沙織の自宅は洒落ていた。淡いグレーのモルタル調フロアタイルの上には、モノトーン調で統一された家具が映える。唯一、マスタードイエローのアームレスソファだけが、シックな雰囲気に可愛らしさを添えていた。ソファのそばにはシーツを被せたような形のフロアランプがあって、初のボーナスで買ったものだと嬉しそうに語ってくれた。

「いいね、落ち着くけど、わくわくもする」

二人で並んでソファに腰かけながら、友貴は部屋を誉めそやした。

「ほんとに思ってる？　友貴、ほんとはインテリアにそこまで興味ないんでしょ？」

「そんなことないよ」

「いいって、合わせなくても。友貴んち、量販店のものばっかだったじゃん」

「量販店の、どこが悪いんだ？」

　ふふふと笑って、沙織は、小さな頭を友貴の肩に乗せた。

「……別に、趣味が合わなくてもいいよ。勉強して、何度も話しかけてくれたのが嬉しかったから」

　聞けば、沙織はこれまで、異性から熱心にアプローチされたことがなかったという。草食系男子とかいう、何が面白くて生きているかわからない人種が増えた昨今、沙織のような美人は、かえって男性との接点を失っていたのかもしれない。

「紅茶飲む？　仕事でもらったの」

「俺が淹れるよ」

「いいよ。今日はまだ、お客さん扱いしてあげる」

　キッチンでいそいそと湯を沸かす沙織の背中を、友貴は目を細めて見つめる。


　思い出に浸っていると、ぴりりりり、と電話の音が響いた。

　液晶画面に表示されている名前は、佐々山健吾——同じ大学院ゼミの同期だ。

　通話ボタンを押すと、寝起きらしい声が聞こえてきた。へへへ、とだらしない笑い声が聞こえる。

「何だよ、朝から酔っ払ってるのか？」

『酒は残ってるけどさ。昨日、誰と飲んだと思う？』

「どうせ、別所さんだろ？」

『正解！　そんで漫喫明けだよ。あーくそ、暑っちぃ！』

嬉しそうな声を出す。あんな女のどこがいいのだろう。

「あれ、漫喫？　ホテルじゃなくて？」

『いやそれが、結構遅くまで飲んだんだけどさ、向こうが歩いて帰れる距離で。店出たら、それじゃってささっと逃げられちゃったんだよ』

何をしているんだ。友貴は嘆息した。佐々山は図体がでかい割に小心者のところがある。そう言えば、民宿で〝窒息の家〟に肝試しに行くことが決まったときも、ずいぶん不安そうにしていたなと思い出す。あのときもまぁ、気が気でなかったのだろう。

『で、俺は終電いっちゃってて。暑いし歩いて帰るのも面倒だから、駅前の漫喫行ったんだ。そんで今はもう大学』

なるほど、それでやることがなくて電話してきたわけか。

「俺も今から行くよ。ゼミが終わったら、話聞かせて」

『つっても、後半酔っててよく憶えてないんだよなぁ。あ、そういや別所ちゃんが言ってたんだけど——死んだらしいよ、高橋くん』

は、と思わず声が漏れた。

「死んだ？　は？　何で？」

『いや、俺もよくわかんないんだけど。先週の月曜日らしい』

　ちょうど一週間前だ。

「理由って言うか、原因は聞いたの？」

『えと、窒息死らしい。場所は大学近くの駅のトイレだって』

　要領を得ない説明にいらいらする。

「ごめん、もうちょい詳しく教えてもらえる？」

『えと、友達と一緒にいたらしい。それで、高橋くんがなかなかトイレから出てこなくて、ケータイに連絡したりトイレの中で呼びかけたりしたけど出てこないから駅員呼んで、高橋くんがいるっぽい個室開けてもらったら――』

　死んでたらしい、と佐々山はそこまで一息で言った。

　そうではなく、どういう経緯で、駅のトイレで窒息死などしたのかを知りたかったのだが、どうやら何も知らないらしい。

「そっか……ちょっとびっくりして、何も言えないけど」

　友貴は、シリアルの皿をスプーンで掻き回した。驚きはしたが、悲しいとまではいかない。ファンではないが名前だけは知っている芸能人の訃報を聞いたときのような、インスタントな諸行無常を感じただけだ。恐らく、佐々山もその程度だろう。

『俺もガチでビビったよ。別所ちゃんとさ、これあれじゃね――〝窒息の家〟の呪いじゃねって』

不謹慎だと思いつつ、友貴は噴き出しそうになった。

「おいおい、そんなわけないだろ？」

『いや、そうだけどさ、幽霊見たらしいじゃん。何て言ってたっけ、あ、あか……』

「ああ……あかずめ？　だっけ」

友貴は、あくびをしながら言った。

『あ、それだ。何だろうなぁ、あかずめって』

「さぁ、けど、閉じ込めて殺すらしいよ」

『え？』

「幽霊……まぁ、幽霊としておこうか。そいつが言ってたんだよ。あかずめは人を閉じ込めて殺すって」

馬鹿馬鹿しいよなと言おうとして、友貴は、ハッとした。電話越しにも、佐々山が言葉を失っているのが伝わってくる。

高橋が死んだ場所は、個室トイレ。そして、理由は窒息死。

化け物に首を絞められる。

「……は、偶然だよ」

まるで佐々山の発言を制するように、友貴は言った。

『そう、だよな』

乾いた笑い声が、電話口から聞こえる。

電話を切ると、リビングの時計は八時前を指していた。

準備を終えてマンションを出ると、猛烈な暑さに顔を歪(ゆが)めた。昨日は都心で三十五度を超え、今年初めての猛暑日になったというニュースを思い出す。

道中で水分を摂(と)り過ぎたらしい。大学の最寄り駅で降りたところで、ふと催した。構内の公衆トイレに入ると、個室トイレは全てドアが閉じられていた。

そのうちの一つ――一番奥の個室トイレのドアに、紙が貼られていた。

使　用　禁　止

赤い、手書きの文字だった。

……まさか、と思う。気づいたら、スライド式のドアノブに手を伸ばしていた。

きぃい、と蝶番(ちょうつがい)が不快な音をたて、ドアが個室側に開く。ドアはギリギリ便器に当たらない幅になっていて、中に入るには軽く身を捩(よじ)らなければならなかった。

後ろ手にドアを閉めて、中を見回す。

両手を伸ばし切ることすらできないほどの狭さ。床はベージュのタイル。個室ごとに照明はついておらず、扉の上から漏れてくる光は心許ない。便座は本体から少しずれていて、黒いヒビが走っていた。

どこにでもある、少し汚い公衆トイレ。おかしいところはない。

溜め息を吐いて、便器の後ろにある銀色のレバーを足で踏みつける。用は足していないが、何となく流して出ないと収まりが悪い。便器の中で、水が轟音と共に渦を巻き始める。

……何だ、普通に使えるじゃないか。

そう思った瞬間、背後に気配を感じた。

……馬鹿な。すぐ後ろには、ドアがあるはずだ。誰かが入り込む隙間なんてない。

恐る恐る振り返って、ぎょっと目を見開いた。

ドアの内側には——おびただしい数の引っ掻き傷が残っていた。

それを忌まわしく彩る、赤茶色に掠れた血の痕。

瞬間、全身の毛穴が開いた。

勢いよくドアを開いて、友貴は個室を飛び出した。小便器で用を足しているサラリーマンが、何事かと首だけで振り返ったのが見えた。

やっと足が止まったのは、改札を出たところだった。たかが数十メートル走っただけだというのに、汗が滝のように流れる。

……いったい、今のは何だったんだ。

高橋がつけたのだろうか。そうとしか思えなかった。知らず知らず穢れた場所へ入ってしまったことに、恐怖よりも嫌悪感を覚える。警察の捜査は終わっているのだろうが、鉄道会社のあまりに杜撰な事件現場の管理に腹が立った。

事件現場——そうだ、あれはどう見ても、犯罪性が高いではないか。

高橋は、誰かに殺されたのだろうか。個室に連れ込まれ、後ろから紐か何かで首を絞められた。あのドアの傷は、そのときに抵抗してできたものではないか。

死に際の生々しい絶望が遺した傷痕——間近にそれを見てしまったことで、高橋の死が実感を伴って迫ってきた。したくもないのに、彼の死に様を想像してしまう。

薄暗いトイレの中。じっとりと濡れた床のタイル。

誰もが知らないふりでやり過ごす糞尿の臭い。

ドアを乗り越えて中を覗くと、狭い個室の中、高橋海斗が倒れている。

瞳孔が開いた瞳と目が合う。事切れる直前の苦悶を表すように捩じれた身体。青黒く膨れ上がった顔は、突き出た頬骨の特徴すらわからなくしていた。蛍光灯の乏しい光を受けて、金のネックレスが鈍く光っている。

――〝窒息の家〟に行くんは、やめとった方がええです

――悪いもんがおるんです。何や、バケモンに首ぃ絞められるとか……

嗄れ声がよみがえった。先月末に、高橋たちと訪れた民宿の仲居だ。夕食を配膳しているとき、冠村の伝承について真殿に訊かれ、そう答えていた。

妖怪や悪霊の類ですか。真殿がさらに問いかけたが、六十は超えているであろう仲居は「勘弁したってください」と口をつぐみ、逃げるように部屋を出て行った。

山の幸がふんだんに使われた夕食を食べながら、真殿が「前振りが効いてるな」とニヤニヤ笑っていたのを憶えている。

……下らない。あんなもの、過疎村の単なる迷信に過ぎない。

駅から徒歩で大学に向かう。ゼミ室がある研究棟に入る手前で、ガラスドア越しにエントランスの様子が見えた。入ってすぐのベンチに、真殿裕生が座っている。友貴は顔をしかめた。自動扉が開く。真殿がスマートフォンの画面から顔を上げた。

「――ああ、お疲れ様です」

嫌みなくらい爽やかな笑みを見せる。友貴も、負けじと笑顔を作った。

「お疲れ」

別に朝から疲れてなどいないが、大学生のお決まりのあいさつだ。

「秋本（あきもと）先生に用事？」

あいさつだけで済ませるわけにもいかず、適当に話題を振る。

「はい、卒論の件でちょっと。この時間帯指定されたんですけど、院生の方のゼミだったんですね」

「そっか。……聞いたよ。高橋くん、亡くなったんだって？」

「……ええ、俺も先週に。びっくりしました」

真殿は、わざとらしく神妙な表情を作った。

「まぁ、別にそこまで仲良かったわけでもないんですけど。単にゼミとサークルが同じだけだったというか」

「ゼミとサークルが同じなら、普通仲良くならない？」

「元々二年でゼミが一緒で、そこで話すくらいだったんですけど、何かサークルも合わせられちゃって」

「真殿くんはモテるからね。あやかろうとしたんじゃない？」

「そんな。友貴先輩に比べたら全然ですよ」

ははは、と二人分の笑い声が、エントランスに響いた。

「ところで、沙織ちゃ――沙織さんは元気ですか？　また飲み行きましょうよ」

「いいね。沙織も、きみのこと気に入ったみたいだし」

「え、そうなんですか。何か言ってました？」

「親戚の子みたいだって。高校生の」

真殿は一瞬だけ表情を失くして、すぐに笑顔に戻った。

ゼミは九時からで、今は八時半だった。もう佐々山が鍵を開けてるはずだから、と真殿を誘ってゼミ室に向かう。

「そう言えば、高橋くんは呪いで死んだのかもって言ってたよ。佐々山が」

「呪い？」

「〝窒息の家〟のだよ。みんなで行っただろ？　それで、あかずめってお化けの仕業じゃないかって」

「何ですか、あかずめって」

「あかずめは人を閉じ込めて殺す」

「は？」

「そう言ってたんだよ。あの家にいた幽霊が」

「……へぇ。じゃあ、友貴先輩も死ぬんですか？」

「えっ俺が？　どうして？」

「だって、先輩は海斗と行動してたんですよね？　その幽霊は、見ちゃいけないやつだったんじゃないですか？　だから海斗は死んだ。だったら、次は先輩の番なんじゃないですか」

「ははは、どうかな」

受け流してみせたが、内心、はらわたが煮えくり返っていた。もうこいつは、俺に対する敵意を隠す気もないらしい。自分の方が、沙織に相応しいとでも思っているのだろうか。

「いやぁ、可能性高いと思いますよ。本当に呪いの仕業ならね」

それは、お前の願望だろうが。友貴は、奥歯を嚙みしめた。

同時に、暗闇に立つ〈セーラー服の女〉の姿が頭をよぎった。

あかずめは人を閉じ込めて殺す——

背筋に冷たいものが走る。かりかりと頭を搔く。

そこからは互いに無言のまま、ゼミ室に着いた。

ドアノブを握ると、カチャ……と音をたててドアが開いた。隙間から、ひんやりとした空気が流れ出てくる。

そこに広がっていた光景を見て、友貴は絶句した。

部屋にある丸テーブル——その上で、佐々山健吾が仰向けに倒れていた。

友貴は、彼のそばに駆け寄った。真殿もそれに続く。ドアが閉じる音がした。

声をかけても反応はなかった。こぼれそうなほど目を見開き、眉根を寄せた表情は、まるで鬼瓦のようだ。歯茎を剝き出しにした口からは断末魔の唸り声が聞こえてきそうで、壮絶な最期を物語っている。

「友貴先輩、これ――」

真殿の声が震えていた。

椅子がいくつも倒れていた。部屋じゅうに佐々山の鞄の中身――筆箱やノート、財布などが散乱している。赤いスニーカーが片方、転がっていた。

どうやら、かなり激しく暴れ回ったらしい。白いテーブルの表面には黒い引っ搔き傷が何本も走り、その線をなぞるように赤い血の轍が交差していた。

友貴の脳裡に、〈セーラー服の女〉のもう一つの言葉がよみがえった。

わたしは、死者――

呪いの死者――

我に返り、友貴はドアの方へ振り返る。

そこにあったのは、テーブルとは比較にならない――大量の引っ搔き傷。

全身に立った鳥肌は、効き過ぎた冷房のせいではなかった。

3

××県冠村に旅行することになったのは、ゼミの合同飲み会がきっかけだった。

友貴と佐々山が所属するゼミの指導教員・秋本教授は、学部と院の両方にゼミを持つ。そうした教員はそれぞれのゼミ生を交流させたがるもので、秋本もそうだった。

飲み会は、六月の初旬に行われた。繁華街にある居酒屋チェーン店。学部生と院生が交じるように決められた座席で、同じテーブルになったのが学部三年生の高橋海斗、真殿裕生、そして別所加奈だった。三人は二年から同じゼミで、なおかつ同じ民俗学サークルに所属していた。

「ゆーせぇ、ルリんとこおいでよぉ」

少し離れたテーブルから、フリフリの服を着た茶髪の女が手を振った。ルリ、というのは一人称らしい。真殿たちと同じ、学部のゼミ生だ。

真殿はにこやかに「ミヤゾノさん、後でねー」と手を振り返していたが、隣にいる高橋に「カノジョ面めんどい。一回デートしただけだっての」とこぼし、その本性を露（あら）わにしていた。どうやら、彼もなかなか遊び慣れているらしい。

真殿もまた、友貴に近いものを感じていたのだろう。こちらを見る目には、その種の先輩に対する敬意と、同類に対する嫌悪感が同居しているようだった。

飲み会が始まってすぐに、友貴には三人の関係性が見えてきた。乾杯からずっと調子っ外れの声量でしゃべっている高橋は、場を盛り上げようというより、真殿や別所に嫌われまいと必死な感じがした。つまらない奴と思われたくないがために、マシンガントークを繰り広げている様は、見ていて何だか痛々しい。真殿はそうした高橋の様子をどこか微笑ましそうに眺めているが、別所加奈は冷ややかな目で見ていた。一方、真殿の意見には同調することが多く、残酷なほど態度の差を明らかにしている。恰好(かっこう)は、マリンボーダーのTシャツに白いスカート。黒のショートヘアの一部に赤のメッシュカラーが入っている。彼女の背後にはベースケースがあった。バンドもやっているらしい。

学部生三人と話が合うか心配だったが、変わった教授やそれぞれの研究テーマなどの大学トークから始まり、大学入試改革や消費税増税などの世間話が続き、最後には個人的な話をするようになった。やはり盛り上がったのは、恋愛トークである。

特に華々しい異性遍歴を披露したのは、案の定、真殿だった。

「モテるんだなぁ、あやかりたいよ」

「いやぁ、俺なんて高校デビューですから。友貴先輩の方こそ」

「あれ、裕生と友貴先輩って、どっちがモテるんですかね？」

顔を真っ赤にして酔っ払った高橋が、またもいらないことを言った。他の四人が冷え込んでいるのを察しただろうに、高橋は「え、だって気にならない？　ねぇ」と往生際悪く訴えている。

「そりゃ、友貴先輩だろ。キャリアが違う」と真殿。

「そう？　そんなに変わらないと思うけど」

首を傾げてみせると、真殿たちは笑った。

「べ、別所さんは、今カレシいるの？」

さりげなく訊こうとしたのだろうが、佐々山の声は上ずっていた。

「いないっす。あたし、男友達っぽくなっちゃうみたいで」

そう言って、豪快にジョッキを呷った。

「友貴先輩は、今はカノジョいるんですか？」

別所の質問に、友貴はやっと来たかと、内心ほくそ笑んだ。

「美人だよ。俺にはもったいないくらいだ。性格もいい」

昔の男は、自分のパートナーを卑しめてみせたが、今はこうして素直に自慢する方がウケがいい。さらに一回り歳が離れていることを話すと、彼らは色めき立った。

ちょうど、近くに職場がある沙織が仕事を終えたらしいので、呼び出した。

「――はじめまして。若本沙織です。友貴くんのカノジョやってます」

にこやかに登場した沙織を見て、三人は度肝を抜かれたようだった。

「めっちゃ若い！」

「モデルさんみたい」

「十二歳差の恋人ってどんな感じですかー？」

マイクを模した拳を向けられ、沙織と友貴は照れ笑いを浮かべた。

さりげなく真殿の反応を窺う。沙織の器量が想像以上だったのか、表情の端々に敗北感が隠し切れていなかった。所詮、三十六歳と見くびっていたのだろう。ミヤゾノルリ程度の女とデートしたことを公言してしまい、さぞ後悔しているに違いない。

胸がすく思いだった。勝利の余韻に浸りつつ帰ろうとしたとき、真殿が言った。

「……せっかくだし、ちょっと一緒に飲みましょうよ」

断る暇もなく生ビールを注文し、沙織が「いや、車なのでアルコールは」と言いかけると、じゃあソフトドリンクですねとメニュー表を差し出した。あれよあれよと言う間に沙織の席が友貴の隣に用意された。沙織が、困ったような表情で見てくる。

まぁ、いい。もう少しだけ、沙織を自慢したい気分だった。

「友貴くんは、ほんと理想的なカレシです。アプローチは彼からだけど、今は私の方が好き好きって感じで」

ひゅー、と囃し立てる声があがった。人と打ち解けるまで時間がかかる沙織だが、友貴が横にいるためか、思ったより饒舌だった。インテリアの趣味が合うらしく、真殿とよく話している。居酒屋の照明のせいか、やや紅潮して見えるその横顔を、友貴は複雑な気持ちで眺めていた。

「じゃあ、今度、沙織ちゃんも一緒に、みんなで旅行しましょうよ」

真殿が言った。学部生三人は民俗学サークルに入っていて、フィールドワークと称した小旅行によく行くという話の流れからだった。

ちゃん付けは気になったが、あえて言わなかった。酒の席だったし、そういう注意は、自分がするべきではないと思ったからだ。

代わりに、誘いはきっぱりと断った。

「それはちょっと厳しいかな。沙織は社会人で忙しいから」

な、と沙織の肩に手を置く。沙織は、うーんと煮え切らない態度だった。

何だ、その反応は。

せっかく、代わりに断ってやっているのに。

「えー、いいじゃないですか。俺ら六人、初めて飲むんすよ？　それでこんなに意気投合してんすよ？　絶対もっと仲良くなれますって！」

そう思うよな、と真殿に背中を叩かれ、酩酊した様子の高橋が親指を立てる。立場も年齢も超えた友情！　と真殿はジョッキを持ち上げた。佐々山は鼻の下を伸ばしながら、別所に熱い視線を送っている。

どうやら、真殿もかなり酔っているらしい。友貴は、沙織に視線を送った。きみからはっきり断れ、と。

だが、沙織はカルピスに口をつけて、

「……いいんじゃないかな、たまには。楽しそうだし」

決まり！　と場が沸く。友貴は、無表情でグラスを傾ける。そして、やはりさっさと帰らせるべきだったと、心の中で舌打ちした。

4

7月8日（月）　午後3時03分

警察から解放されたのは、午後三時頃だった。

事情聴取の途中、搬送先の病院で佐々山の死亡が確認されたと伝えられ、いかな友貴でもショックが隠し切れなかった。佐々山とは仲が良い方だった。抜けているところもあったが、嘘が吐けない、可愛げのある男だった。誰かと違って、殺されるような恨みを買う人間では……

動揺のせいで、余計なことはしゃべらなかっただろうか。

友貴は、さっきまでの刑事との会話を反芻した。

「――死因は、恐らくですが、酸素欠乏による窒息死だと思われます」

聴取を担当したのは、大久保と名乗る、ずんぐりむっくりとした体形の刑事だった。

二十代くらいだろうか。不慣れで緊張しているのか、しきりに汗を拭いていた。

「はい？　酸素欠乏って……あのゼミ室でですか？」

友貴は、眉根を寄せた。

「ええ。詳しいことは、まだわかりませんが」

大久保刑事は、手許の書類に目線を落としながら言った。

「いや、物理的にあり得ないでしょ？　あの部屋には換気設備も窓もあるのに」

「あ、そうなんですが……ご遺体の状態を見るに、そうとしか思えないんです」

自分に訊かれても困ると言いたげに、大久保は首を捻っている。

「それ以外にもまぁ、おかしなところはありまして」

「おかしなところって？」

「ご存じかと思いますが、佐々山さんが亡くなった部屋は、中から鍵があけられます」

たいがいの部屋は、そうだと思うが。

「なのに佐々山さんの手には、必死にドアを開けようとした形跡がありました」

「どういうことですか？」

友貴は、前のめりになった。

「わかりません。仮に外から施錠されたとして、自分でサムターンを回して出ればいいことなんですが……樋口さんが入ったとき、鍵はかかっていなかったんですね？」

さっき話したことだ。鍵は佐々山が持っていた。

「ドアの内側には、全部の爪が剝がれるくらい激しく搔き毟った痕が残っていました。何とかして外に出ようとしたんだと想像できるんですが……」

「……そんなことする前に、ケータイで外部に連絡を取ったり、窓を開けたり、窓から出ようとしたりしませんか？」

「あ、仰るとおりです。ですので、佐々山さんは何らかの理由で錯乱状態にあって、正常な判断力を失っていたのではないかと」

いきなり、話がきな臭くなってきた。

「ですので、何か、佐々山さんがそういうことになる原因に、思い当たるフシは？」

えらく事細かに話してくると思ったら、それが訊きたかったのか。

「……さぁ。友達でしたが、そんな話は聞いたことないです」

ヤクに手を出していようと、知ったことじゃない。

「先月末に、グループ旅行をしたそうですね。真殿さんと、高橋海斗さんもいたとか。

樋口さんの、ええと、カノジョさんもいたそうで。仲が良かったんですか？」

どうして知っているのか。……真殿がしゃべったのだろう。

「いえ……正直、真殿くん、高橋くん、別所さんとはそこまで。若気の至りというか、酒の席のノリで決まったんです。俺は別に行きたくなかったんですけど、カノジョが」

「はぁ、若気の至り、ですか」

大久保は何か言いたげだったが、話題を変えた。

「先週の月曜に亡くなった高橋さんと、状況が酷似してますね」

やはり、警察としてはそこが気になるのだろう。友貴も、窒息死と聞いて高橋の死を連想せずにはいられなかった。

個室トイレのドアについた、無数の引っ掻き傷。――あれは、単に暴れていただけではなく、狂気の中、個室トイレから出ようと踠（もが）いた痕なのだろうか。


あかずめは人を閉じ込めて殺す――


ふいに、あの女の声が耳許で聞こえた気がして、ぞくりとした。

頭に手を伸ばそうとしたとき、取調室の扉がノックもなしに開いた。入ってきたのは、三十代と思（おぼ）しき長身の男性だった。彼は友貴に近づくと、自分も刑事だと言った。

「旅行に行ったそうですね。場所は、××県の冠村だとか」

「ちょっと、チョーさん……」

大久保が困り顔をしたが、チョーさんと呼ばれた刑事は無視の構えだった。

「念のためにうかがいますが、〝窒息の家〟には行きましたか？」

「行きました。外観を見ただけですけど」

「中には入ってないと？」

友貴は、堂々と頷いた。チョーさんは、ジャケットの内ポケットから使い込まれた黒い手帳を取り出す。

「樋口さん、今回の二つの事件ですが、妙だと思いませんか？　二人の人間が、窒息するはずのない場所で窒息死してる。それも短期間に。状況もそっくりだ」

「チョーさん」

「ええ、まぁ」

「私には、人間の仕業とは到底思えないんです」

「ちょっと、チョーさん！」

大久保が立ち上がり、チョーさんの胸を押して退室を促した。軽く二人が揉み合っていると、さらに二人の男性が取調室に入ってきた。「いい加減にしろ」「勝手すんじゃねぇ」と太い声を出しながら、チョーさんを外へと連れ出してしまった。

どうもすみません、と大久保が大汗をかきながら謝罪し、聴取は再開される。

友貴の頭には「人間の仕業とは思えない」というチョーさんの言葉が木霊していた。

……高橋は、個室トイレに閉じ込められて殺された。

佐々山は、ゼミ室に閉じ込められて殺された。

二人の死は〝窒息の家〟――あかずめの呪いによるもの。

そんなことがあり得るだろうか。

否定しようにも、論理的な解答を出せなかった。


警察署の駐車場に出ると、タクシーに乗り込もうとする真殿を見つけた。同じタイミングで解放されたようだ。

彼は友貴を認めると、やけに嬉しそうに、ふっと笑いかけた。

「お互いに災難でしたね」

「……本当の災難は、佐々山の方だよ」

「そうでした。駅まで行きますけど、相乗りしますか？」

「いや、いいよ。沙織が車で迎えに来てくれるから」

愛されてますねぇと言い残し、真殿の乗ったタクシーは去っていった。

7月9日（火）　午前0時57分

深夜、友貴は一人、ノートパソコンの画面に向き合っていた。

沙織はすでに寝室で休んでいる。クーラーの音だけが、リビングを静かに満たしていた。

グラスに注いだウイスキーで唇を濡らす。……ネットであかずめを検索しても、目ぼしい情報は見つけられなかった。〝窒息の家〟で検索をかければ、かなりの数がヒットするが、肝試しの体験記や、眉唾ものの怪談話が出てくるだけだ。

「……怪談、か」

友貴は、ひとりごちた。小学生の頃に流行っていたなと思い出す。口裂け女、テケテケ、童謡「さっちゃん」の四番、一行読んだだけでも呪われる本。〝窒息の家〟に似たパターンでは、学校近くの洋館に吸血鬼が棲んでいると噂になったこともあったっけ。そこに入ったら、全身の血を吸われて死んでしまう、と。

……廃墟に入っただけで、バケモノに首を絞められる？　まったく、子ども騙しもいいところだ。沙織は、俺も楽しんでいたと言っていたが、まるで当てはまらない。俺だって、沙織と宿に残って、二人きりでのんびりしたかった。

思い返すと、胃のあたりが熱くなってきた。

ウイスキーを口に含みながら考える。……いったい、どうして二人は死んだのか。

わからないが、何か現実的なトリックがあるに違いない。それを前提に、友貴は呪いの可能性について思いを巡らせた。

……真殿は言っていた。高橋と行動を共にしていた友貴が、次の犠牲者になるかもしれない、と。嫌がらせ目的の発言だろうが、なるほど、呪いに法則性があるなら、確かにその可能性が一番高い。

だとすると、あの〈セーラー服の女〉に出遭った人間が死ぬのか。

だが、実際には佐々山が死んだ。彼は〈セーラー服の女〉には遭っていないはずだ。ということは、〈セーラー服の女〉に出遭うことは呪いの条件ではない。

ふと胸騒ぎがして、友貴は立ち上がった。

寝室のドアを少し開けて中を覗く(のぞ)と、沙織がベッドの上で寝ている。ブランケットをかけた腰のあたりが、安らかに上下していた。

……生きてる。呼吸してる。

ホッとしてドアを閉じる。椅子に戻ると、ウイスキーをぐいと呷(あお)った。……どうかしている。あんな不審者の戯言(ざれごと)を真に受けるなんて。

旅行の日の夜。〝窒息の家〟に肝試しに行こうと言い出したのは、真殿だった。

積極的に賛成したのは、別所と高橋の二人。佐々山は「みんなが行くなら」というスタンスだった。友貴も最初は辞退したが、学部生三人が「友貴先輩がいたら心強い」と強く誘ってきたので、保護者として同行することにした。

一方、沙織は断った。小学生の頃、友人とお化け屋敷に入って置いて行かれたことがあって、暗いところが苦手だったのだ。

……高橋と佐々山の共通点は、〝窒息の家〟に足を踏み入れたこと。一方で、沙織は〝窒息の家〟に近づいてすらいない。

だから、今回の件には無関係のはずだ。危ないのは、真殿の言うとおり、俺だ。

次の犠牲者は、誰だ。

あかずめは人を閉じ込めて殺す――

友貴は、幻聴を振り払おうと頭を振った。高橋の訃報を知って以来、あの女の声が妙に耳にこびりついて離れない。それまでは、夢に出てくるだけだったのに。

腕を見ると、手首の肌が粟立っていた。途端に、リビングの静けさが不気味に思えてくる。クーラーを点けているため、窓もリビングドアも閉め切っていた。

友貴はもう一度席を立つと、ベランダにつながる窓をわずかに開けた。室外機の唸る音が大きくなる。生温い外気が、吐息のように頬を撫でた。

そして思い出す。〈セーラー服の女〉にすぐそばまで近づかれたとき、その吐息が異様に冷たかったことを。

ぶるっと身体が震えた。くそ――ポロシャツの胸ポケットから、くしゃくしゃの煙草の箱を取り出す。中には、一本だけしか残っていなかった。

酔ってるんだ。そうに違いない。酔い醒ましを兼ねてコンビニに行こうと家を出た。

エレベーターのボタンを押してから、何となく階段を使うことにする。

ホールまで降りると、煌々とした照明に目を細める。マンションはオートロック式で、集合ポストや宅配ボックスがある風除室を挟んで、二枚のゲートがあった。同棲する前は女性の一人暮らしだったため、沙織はセキュリティを重視したのだろう。彼女ほどの美人なら、ストーカーの一人や二人いてもおかしくない。実際、今だって真殿にちょっかいを出されている。

ニヤけた顔を思い出すと、頭の奥が熱くなってきた。早く夜風に当たりたい。

風除室には、すでに人影があった。カッターシャツを腕まくりしたサラリーマン風の男だ。疲れた顔で、ポストの中を覗いている。

友貴が第二ゲートを開くと、ちょうど郵便物を取り出した男が振り返った。会釈をすると、男も顎を突き出すような会釈を返す。

後ろで、第二ゲートの自動扉が閉まる音がした。

そのまま男の横を通り過ぎて、第一ゲートに近づく。

だが――扉は開かなかった。

てっきり、いつもどおり自動で開くと思っていたので、ガラスドアにぶつかりそうになる。外から入るときにはカードキーがいるが、内から出るときは特に操作はいらないはずだ。深夜だと違うのか？

すると、後ろから「あれ？」という声がした。

振り返ると、カッターシャツの男が、第二ゲートのガラスを叩いていた。

どうやら、向こうも開かないらしい。

男も背後を振り返り、友貴と目が合った。

「……開きませんか？」

友貴が訊くと、男は「みたいです」と頭を掻いた。

風除室内に壁付けの操作盤があったので、そこにある「開」のボタンを押す。

開かない。

友貴は、嘆息した。第一ゲートの外では、アプローチに沿って配置された間接照明が夜闇を照らしていた。深夜の一時半だ。これ以上、人が来る気配はない。

センサーに拾われるよう手を振ったりしてみたが、無駄だった。……故障だろうか。

「困りましたね」男が言った。

「お急ぎですか？」

「いえ、帰るだけなので……まぁ、ずっとこのままだと困るんですけど」

当たり前のことを言う。友貴は、集合インターフォンに何度もカードキーをかざしてみるが、反応はない。ガラスドアに直接触れても、まるで動く気配はなかった。

冷たい感触は、ドアそのものに拒絶されているみたいだ。

力ずくで開けようと試みるが、びくともしない。

「……さっきは、普通に開いたんですけど」

「僕もです。第一ゲートも普通に……」

友貴は、男と顔を見合わせた。

第二ゲートの向こうの管理人室は、すでにカーテンが閉まっている。風除室の中を見回してみたが、緊急電話らしきものはない。この空間に閉じ込められるなど、想定されていないのだろう。

「ご家族は？」友貴が尋ねる。

男は「一人暮らしで」と首を振った。そちらは、と逆に男に訊かれた途端、ひどい悪臭が鼻を突いた。

思わず、顔の真ん中に手をやる。鼻の曲がるような臭いだった。

「……どうしました？」

男が、訝（いぶか）しげな表情を浮かべた。

「いや、この臭い……」

「におい？」男は眉間に皺を寄せた。それから、自分の周囲のにおいを嗅ぐように、鼻をひくつかせる。「……何か、においします？」

「いやいや……わかりません？　何か、酸っぱくて苦い……吐きそうな」

「ええ？　します？」

男は、手で自分の鼻を扇ぎ始めた。――何を言ってるんだ、こいつは。友貴は、内心で毒づいた。鼻をつまんでいても感じるほどの異臭だ。

昔、似たような臭いに出遭ったことがあった。あれは、小学校の夏休みのことだ。山で虫を採っていると、少し開けたところで、鉄製の檻が置かれていた。

仕掛けたことすら忘れ去られた罠だったのだろうか、中では、哀れにも猪が腐敗し、白い肋骨を露わにしていた。赤黒い内臓部分がモザイク状にざわざわと動いているかと思えば、大量の蟻や蛆虫が腐肉を貪っていた。

あのときと同じだ。獣が……生き物が腐った臭い。

だが、死骸は見当たらない。天井裏かどこかで、野生生物が死んでいるのだろうか。にしても、唐突に漂い始めたのはどういうことだろう。

悪臭は、どんどん風除室を満たしていくようだった。友貴は咳き込んだ。……果たしてこれはただの「臭い」なのか。吸うことで人体に害があるのでは。そう考えた途端、ぞくりと恐怖に襲われる。

たまらず、再度力ずくで開けようとするが、わずかな隙間さえ生まれない。

出られない。閉じ込められたのだ。

すると、あの女の声がまた、耳朶に響いた。

あかずめは人を閉じ込めて殺す——

馬鹿な。Tシャツの下で、どっと汗が噴き出す。たまたまだ。ただの故障だ——

……がり……

爪で硬いものを引っ搔くような音がしたのは、そのときだった。

がり、がり、と続けて聞こえる。風除室の中を見やるが、出所がわからない。

「何ですかね、この音?」

「何がですか?」

男は、目をぱちぱちさせている。こいつは、鼻だけでなく耳も悪いのか?

音は激しさを増していった。

がりがりがりがりがりがりごりごりがりがりがりがり……

「ほら、この音ですよ。がりがりって。わかるでしょ?」

「い、いやぁ……」

男はいつしか、友貴から距離を取っていた。

吐き気を催す。爪の音が激しさを増すように、臭いも強くなっているようだ。

そのとき、視界の端に、何か黒いものを捉えた。
振り向く。風除室の隅。観葉植物の横。
そこに――黒茶色に汚れた、木製の小さな家があった。
えっ、と声が出る。男が「どうしました？」と訊くが、答えられない。
それは、木で作られた祠のようだった。
混乱する。大きさは、小型の冷蔵庫ほどだ。……いつからそこにあった？
気がつかないはずがない。それほど、それは禍々しい気配を放っていた。
祠の扉は閉じられている。
爪の音は、その中から聞こえていた。小刻みに震えている。
中にいるのだ。――何かが。
「あの、どうかしたんですか？」
男が言った。すると、どん、と背中に何かが当たる。
振り返ると、集合ポストが背中の後ろにあった。知らず知らず後退していたのだ。
視線をすぐに戻す。祠はまだそこにある。
爪の音が止んだかと思えば、観音開きの扉が、わずかに開いていた。
隙間から、四本の指らしきものがはみ出ている。
黒みがかった赤色をした、ミイラのような指だ。

息が苦しい。横隔膜が震える。うまく呼吸ができない。

手はもう一本出てきた。二本の手が、扉を開こうとしている。

ゆっくりと開いていく、その奥は、塗り潰したような真っ暗闇だ。

ぎいぃぃぃぃ……

耳障りな音が鳴る。扉がじわじわと開いていく。見るな。見たらダメだ。本能がそう叫んでいるのに、目を離せない。身体が金縛りに遭ったみたいに硬直している。

祠の中身がもう見えるというところで――ふっと消えてしまった。


「――何してるんですか？」

振り向くと、ＯＬ風の女性が、警戒した表情で立っていた。

その後ろで、第一ゲートのガラスドアが閉まろうとしている。

「……え」

「マンションの住人の方ですか？」

「そうみたいなんですけど」言ったのは、カッターシャツの男だ。「何だか、その、様子がおかしくて」

二人分の怪しむ視線に、友貴は慌てて立ち上がった。「すみません」と謝り、第二ゲートを抜けて階段を駆け上がっていく。

家に帰っても、まだ心臓はドキドキしていた。激しい運動を差し引いても、異常な汗が全身から噴き出る。テーブルに残っていたウイスキーは、氷が融けて水っぽくなっていた。それを一気に呷る。

寝室に入ると、ベッドで寝息をたてている沙織の顔を覗いた。少女のような寝顔が、友貴の心にほんの少しだけ安らぎを取り戻してくれる。

だが——今さっきのことは、紛れもない現実だった。

〈セーラー服の女〉の言葉が、嫌でも耳によみがえる。

あかずめは、人を閉じ込めて殺す。

……俺は閉じ込められた。そして恐らく、殺されかけた。

間違いない。——俺は呪われている。

自分も、高橋や佐々山のように死ぬのだろうか。閉じ込められて、息ができなくなって、爪が全て剥がれるまであちこちを引っ掻いて、藻掻いて——

醜く青黒く膨らんで、たった一人で。

ピスポケットが震えた。びくりと肩が跳ねる。

携帯電話を取り出すと、メッセージが表示されている。

〈どうすればいいですか〉

別所加奈からだった。

5

7月9日（火）　午前8時59分

別所に呼び出された場所は、大学最寄り駅にあるコーヒーショップだった。

やたらと冷房が効いた店内。窓際の席に座っている別所は、死人のような顔色をしていた。元々、肌が青白い子ではあったが、今朝は特にひどい。眠れなかったのか、落ち窪(くぼ)んだ目の下には、クマが見て取れる。やけにはっきりとわかるなと思いきや、化粧もろくにしていないようだ。そんな余裕もなかったのだろう。

かくいう友貴も、似たようなものだった。

あの後は結局、一睡もできなかった。寝室にいてもリビングにいても閉じ込められるような気がして、窓もドアも全開にして床に就いた。蒸されるような暑さであったことも、眠れなかった原因だ。ときどき異臭が鼻につくたびに飛び起きるということを繰り返して、気づけば空が白んでいた。

「……佐々山さんのことは、裕生から聞きました」

別所は、ぽつりと言った。

「それで、不安になったんだね」

共感を示したつもりだったが、別所は、むっとした。

「そりゃそうですよ。海斗だけだったら偶然だって思えましたけど、佐々山さんまで……しかも二人とも窒息死って、どうしたって怖くなります！」

そう語気を荒らげた。彼女も精神的に追い詰められているらしい。

「友貴先輩、これって、あたしたち大丈夫なんですか？　もしほんとに〝窒息の家〟の呪いだったら、まさか、あたしも」

友貴は、伝えるべきか迷った。きっとこの子は、「大丈夫だ」と言ってほしいのだろう。「呪いなんてない」と笑い飛ばしてほしいのだ。

数日前なら、友貴にはそれができた。だが、今となっては……

「……きみはまだ、祠は見てないのか？」

「ほこら？　って、何ですか？」

「木でできた小さな家は見てないか？　閉じ込められたりは？　腐った臭いとか、がりがりって引っ掻く音は？」

「……あの、何のことですか？」

どうやら、まだ何も起きていないらしい。やはり、伝えておくべきだろう。

友貴は、昨夜、自身の身に起きた怪異を話した。別所は半信半疑の表情だったが、少なくとも、一笑に付すようなことはなかった。

「何ですか、それ……じゃあ、海斗も佐々山さんもそのせいで死んじゃって、あたしのところにも、これからそれが来るかもしれないってことですか？」

「可能性はある」

友貴が頷くと、別所は、赤いメッシュが入った髪を鬱陶しそうに掻き上げた。

「……意味わかんない。それが、あれですか？　〝窒息の家〟の化け物ってことですか？　民宿の仲居さんが言ってた……それと、先輩と海斗が見たっていう」

「ああ。そいつが言ってたよ。あかずめは人を閉じ込めて殺すって……ん？」

「どうかしました？」

「え、あ、いや……」

友貴は、口許を押さえた。……言いながら、自分の言葉に違和感を抱く。

〈セーラー服の女〉は言っていた。あかずめは人を閉じ込めて殺す、と。

その言葉どおりに、昨夜、自分は閉じ込められた。しかし、閉じ込めたのは〈セーラー服の女〉ではなく、あの祠の中にいたものだ。感覚でそう理解していた。

あかずめはきっと、あの祠の中身だ。

でも、だったら、〈セーラー服の女〉はいったい、何者なのだろう。

あの子は言っていた。「わたしは死者」「呪いの死者」だと。

改めて考えると、二通りの意味に取れる。「呪いのビデオ」や「呪いの人形」と同じく、「呪いを司る」という意味か。

もしくは、高橋や佐々山のように「呪いによって死んだ者」という意味か。

後者なら疑問が湧く。いったい、〈セーラー服の女〉は、誰に呪い殺されたというのか。それこそ、あかずめにか？　だとしたらあの女の、目的は何だ？

あかずめは人を閉じ込めて殺すと生きた人間に伝えて、どうしたいんだ。

もしかしてあれは――警告なのか？

それなら、何となく邪悪なものだと感じていたが、あの子は。

「――先輩！」

別所がパンとテーブルを叩いて、友貴は我に返った。

「あ、ああ、ごめん」

「しっかりしてください。――それで、どうすればいいんですか、あたしたち。ていうか、先輩はあかずめに襲われて、どうやって助かったんですか？」

「それは……」

「海斗も佐々山先輩も死んだのに友貴先輩だけ無事だったのは、何か理由があるはずです。思い出してください！　あたしたちが生き残るために」

正確には、「あたしが生き残るために」だろうが――そう思ったが、黙っておく。

二人との違い。何だろう。もっとも大きな違いは、やはり、自分以外に誰かがいたことだ。別に、あのカッターシャツの男が何かをしてくれたわけでもないが……。

おはようございまぁす、と店員の声がした。

見ると、若い男がドアを開けたところだった。恋人だろうか、後ろから来る女のために、ドアを開けた状態でキープしている。女が店に入ると、男はドアから手を離した。

ドアが閉じる。

と同時に、腐敗臭を鼻腔が拾った。

「先輩、あれ……」

別所が店の中央を見て、人差し指を向ける。

震える指先に視線をやると――あった。

黒く汚れた祠。

ぼろぼろに朽ちた、神を祀る小さな社。

友貴は立ち上がると、別所の腕を引いて走り出した。ちょうど入店しようとした別の客が扉を開けたところで、その人を押しのけるようにして店外へ出た。

バスロータリーまで出ると、足を止めた。何も追いかけてきていない。あたりを見回しても、祠はない。そばにあったベンチに腰かける。別所は、顔面蒼白だった。

「あ……あれが、そうなんですか？」

「ああ。たぶん、あかずめはあの中にいる」

あれが出てきたらおしまいだ。そう直感していた。

別所が落ち着くまでには、少し時間を要した。虚(うつ)ろな目で駅前を行き交う人々を眺める彼女の横で、友貴は考える。

……今、別所には祠が見えていた。だが、昨夜、風除室に閉じ込められたとき、カッターシャツの男性には祠は見えていなかった。訊(き)いてみると、別所は腐敗臭も感じたらしい。やはり何かあるのだ。呪われる条件が。呪い殺されるルールが。

今のところもっとも可能性が高い説がある。

その確認のためにも、やはり話を訊かなくてはならなかった。

「別所さん、真殿くんもここに呼べないかな?」

「……え、裕生をですか?」

「彼も呪われてるかもしれない。あかずめに襲われないための対策法もわかってきた。共有しなくちゃ」

「どう……ですかね。裕生、こういうの信じてなくて。どうでもいいって」

やはり、真殿は自分には関係ないと思っているらしい。

いや、実際、彼には関係ないのかもしれない。

「……まぁ、そう言ったんだろうと思ったよ。だからきみも彼に頼れなかった。——

それで、内心は見下してる俺に助けを求めてきた」

　そう言うと、別所はぎくりとした顔つきになった。

「な、何ですか、内心は見下してるって……そんな」

　別所は取り繕うような笑みを作った。

「いいから、真殿に電話をかけてくれよ。あの夜のことについて訊きたいんだ」

　そう言うと、別所の顔にさらなる動揺の色が浮かんだ。

「……沙織さんから聞いたんですか？」

「うん。あと、佐々山からもね」

　思いがけないことだったのだろう。別所は前を向いたまま、固まってしまった。

「……ゆ、裕生は、口止めできてるって……」

「虚勢を張ったんじゃないかな。きみが思うほど、あいつに人を支配する力はないよ」

　言いながら、友貴は、胸の内の嵐が激しさを増すのを感じていた。今すぐ、このサバサバ気取りの、その実ナメクジのように陰湿な女を殴ってやりたい衝動に駆られる。

「高橋ときみは、真殿から命令された。佐々山はきみに従った。まるで食物連鎖だな」

　別所は、教師に叱られた生徒のように、素直に頷いた。泣き出しそうな顔を見るに、後ろめたい気持ちはあったらしい。

「真殿くんと話がしたい。つないでくれるよな？」

低い声で命じると、別所は無言でスマートフォンを取り出した。手は震えている。所詮、まだ二十一かそこらの小娘だ。真殿という拠り所がなければ、こんなものだろう。

端末を奪い取ると、通話をかける。

数回のコールの後、涼しい声が聞こえた。

『おっす、どうしたー？』

「樋口だけど」

名乗ると、電話口の向こうでたじろぐ気配がした。

『……友貴先輩ですか？　何でこの番号で』

「別所さんのを借りてるんだよ。今も目の前にいる」

『はぁ、で、これ何の電話ですか？』

友貴は、生唾を飲んだ。喉が渇く。さっきのあかずめの出現がまだ尾を引いている。

「昨日、これが呪いの仕業なら、高橋くんの次は俺が死ぬって言ったね」

『言いましたね。外れちゃいましたけど』

「そう、実際は佐々山が死んだ。呪われるのに条件があったとしてだ。これで、幽霊を見た奴とは限らないことになる」

『まぁ、論理的にはね』

「きみは、ずいぶん余裕そうだな」

『はい？』

「自分も死ぬかもしれないって思わないのか？　普通怖いだろ。曰く付きの家に行って、その曰くどおりに一緒に行った奴が死んだら。別所さんの反応が普通だよ」

『……いや、でも、まぁ、呪いなんて』

「俺はな、あかずめに呪われる条件は、あの家に入ることだと思ってる」


――〝窒息の家〟に行くんは、やめとった方がええです

仲居はそう言っていた。何のことはない、俺たちは最初から警告されていたのだ。

『はぁ……そうだとして、何が言いたいんです？　何ですかこの電話？』

真殿は、まだしらばっくれるつもりらしい。

上等だ。全部言ってやろう。

「そりゃ、自分には関係ないって言えるよな。駐車場で笑ったのも、勝利の笑みか？」

『だから、言ってる意味が』

「きみはあの夜――〝窒息の家〟に行ってないんだろ？」

真殿は答えなかった、それこそが答えだった。

やがて、ふっと鼻で笑う音が聞こえた。

『誰から聞きました？』

「沙織と、あと佐々山だよ。やっぱり黙ってられないって、旅行から帰った次の日に」

別所に嫌われたくなかったんだと、涙ながらに謝罪してくれた。〝窒息の家〟に向かう直前に様子がおかしかったのは、怯えていたのではなく、友貴を裏切る罪悪感に苛まれていたのだ。嘘が吐けない、可愛げのある奴だった。

「俺がいない間に、沙織に手を出そうとしたんだな。高橋と別所にも手伝わせて。まさか、旅行を発案したときから計画してたのか？」

『さぁ、どうですかね』

真殿の声は、悪びれる風もなかった。

「自分が何をしたか、わかってないのか？　警察に行ってもいいんだぞ」

『証拠あります？　沙織ちゃんの被害妄想ですよ。誘ってきたのは向こうで、フラれたもんだから腹いせにそんなこと言ってるんです』

握っているスマートフォンが、ミシッと鳴った。

やっぱりこいつは、ろくでもない。野放しにしておいていい人間じゃない。

『ていうか、俺に構ってる場合なんですか？　あかずめは人を閉じ込めて殺すんでしたっけ？　うかうかしてると、死んじゃいますよ先輩』

「対策はあるさ」

友貴は、あえて自信たっぷりに言った。

「お前に言いたいことは二つある。一つは、沙織は渡さないってこと。もう一つは——電話じゃあ言えない。今はどこにいる？」

『……自宅で一人ですけど？』

「一時間後に、俺の家に来られないかな。怖かったら、仲間を連れて来てもいいよ」

『はぁ、いいですよ。紳士的に行きましょう』

住所を伝えて、通話を切った。

隣では、別所がまだ縮こまっている。

「閉じた空間は避けろ」

スマートフォンを差し出しながら、友貴は素っ気なく言った。

「……え？」

「あかずめ対策だよ。高橋くんは個室トイレ。佐々山は閉め切ったゼミ室。俺はゲートが閉まった風除室だった。あとさっきの喫茶店も、空調のために窓も扉も閉め切ってた。たぶん、あの家に入った人間が閉じた空間にいるときに、あかずめは来るんだ」

「閉じた空間……」

「トイレとか風呂とか、そういう場所は気を付けたほうがいい。あとは、ラブホとかね。相手のおじさん、びっくりするだろうから」

そう言うと、別所の顔は青白さを通り越して、色を失ってしまった。

「……し、知ってるんですか？」

「人間の屑だよ、真殿は。訴えるときは、きみも一緒だからね」

別所は、がっくりと項垂れた。汗がだらだらと垂れ、足許のレンガタイルに染みを作っている。友貴は、苛立たしく頭を掻くと、その場を離れた。

自宅のマンションに着くと、友貴は真っ直ぐに寝室に向かった。

ドアを開ける。沙織は、ベッドの上で本を読んでいた。「ただいま」とおざなりに言って、ベッドの下に隠した金庫を開ける。中には、リングファイルが数冊、平積みになっていた。その一番上のファイルを取り出す。

表紙には、「真殿裕生」とラベルプリンターで作ったラベルが貼られていた。

「……それって」

「前に見せただろ？　真殿くんの悪行をまとめたファイルだよ」

沙織は、嫌悪感を露わにした。

「バラすの……？」

「向こう次第かな。これから話す。ここに呼んだから」

「呼んだって……ここに来るの？　今から？」

友貴は、にこやかに笑った。

「友貴……？　大丈夫？　何か、変だよ」

「平気だよ。紳士協定を結ぶだけだ」

友貴はファイルをパラパラとめくった。

ファイルの中には、真殿がこれまでに行った風俗斡旋業の詳細が、調べられた限り事細かに記載されていた。被害女性の写真付きプロフィールと、被害内容などなど、少なくとも警察を動かす力は十分に持っている。

ゼミの合同飲み会の後、友貴は探偵を雇い、真殿の身辺調査を始めた。これまで他の男たちにしてきたように何らかの弱みを握って、沙織への接近を阻止するためだったが、思わぬ悪事を突き止めてしまい、驚いたものだ。被害女性の特定は、彼が飲み会で自慢げに話していた女性遍歴をヒントに探れば、難しいことではなかった。

真殿の主な手口は、街で若い女性に声をかけ、仲間が経営する会員制バーに連れ込み、高価な酒を飲ませて借金を背負わせるというものだった。そして、借金返済のために、これまた仲間がやっている風俗店につなげる。この手法で、十数人の女性から法外な金を搾り取っていたらしい。

ちなみに、被害女性の中には、別所加奈もいた。彼女は、惚(ほ)れた弱みに付け込まれ、美人局の手伝いをさせられているようだ。

このファイルを警察に持っていくと脅せば、真殿も大人しく引くだろう。こちらの要求は、「沙織から手を引け」の一点だ。リスクを考えれば、向こうに敵対する理由はない。それどころか、これまでよりも仲良くできるかもしれない。


「沙織は、ここにいてね」

優しい口調で言い聞かせると、彼女は素直に頷いた。

寝室を出ると、念のために鍵をしめておく。ダイニングテーブルの椅子に座って、一息ついた。時計を見ると、真殿との約束の時間まで十分を切っていた。

……この件が片付いたら、呪いの対策について、本腰を入れて取りかかろう。

生温い風が、開いた窓から入ってきた。閉じた空間にいるときにあかずめは来る。なら、窓やドアを開けておけば、安全なはずだ。現に、今あの臭いは一切感じない。

別所はわからないが、俺に関しては確実に呪われている。沙織との幸せな未来のためにも、速やかに何とかしなければならない問題だ。協定が成立すれば、真殿にも協力を依頼するべきだろう。

だが、約束の時間になっても、真殿は来なかった。

十分過ぎても、チャイムは鳴らない。まさか、臆病風に吹かれたのだろうか。

そう思った矢先、共有廊下の方がにわかに騒がしくなってきた。

大声と、慌ただしく駆ける足音。何かあったのだろうか。嫌な予感がした。

玄関扉をわずかに開ける。首だけを出して様子を窺うと、共有廊下の奥――エレベーターの近くに、四、五人の人だかりができていた。

住人の声が飛び交っている。ただごとではない。

はぁはぁと、自分の呼吸音がやけに大きく聞こえた。

「――とりあえず一階に下ろした方がいいんじゃないか？」

男の声が言った。何をだ。何を下ろすんだ。ここからじゃ見えない。

きぃ……と蝶番の音が鳴った。友貴は、気づくと裸足のまま外に出ていた。

蟬の声が、鉄筋コンクリートのマンションに反響している。

「息してないの？　ＡＥＤは？」

女の声。「息」という単語にぎくりとする。

ぺたぺたと足の裏が鳴る。生温い感触が遠のいていく。

「もう手遅れだって」

集まった人々の足の隙間に、エレベーターの中が見える。

誰かが倒れている。

蟬の声が木霊している。

「何であんたにそんなことが言えるんだよ?」

そんなはずがない。だってお前は、〝窒息の家〟に行ってない。

両手が、乱暴に野次馬たちを掻き分けた。

「ちょっと、何だよあんた」

その光景を目の当たりにして、友貴はあっと声をあげた。

エレベーターの中——真殿裕生が、青黒い顔で倒れていた。

6

7月9日(火) 午前11時53分

家にやってきたのは、昨日、事情聴取の途中に乱入してきた「チョーさん」だった。てっきりまた色々と訊かれると思ったが、忙しいのか、「また後で話を聞かせてもらうから」と言い残して、どこかに行こうとする。去り際に真殿の死因を尋ねると、苦々しい顔で、高橋や佐々山と同じ酸欠である可能性が高いと教えてくれた。


だが、マンションのエレベーター程度の気密性で、酸欠になるわけがない。出られなくなる理由もわからない。

……呪いだ。もう疑いようがない。

真殿もまた、呪いの死者になってしまったのだ。

リビングに戻ると、ソファのそばで、沙織が棒立ちになっていた。

「真殿くんが死んだ。今来たのは刑事だ」

沙織には、高橋たちの死を知らせていなかった。しかし、もうごまかし切れない。

「ううん……今はいい。ねぇ、何があったの？」

「……座ったら？」

「えっ」

沙織は、両手で口許を押さえた。

「嘘。何で……」

「うちのマンションのエレベーターで、事故に巻き込まれたらしい」

「事故なの？　ほんとに？……友貴が、何かしたんじゃないの？」

おいおい。友貴は、苦笑した。

「事故だよ。天罰が下ったんだろ」

沙織は、不信感のこもった目つきをやめない。今は何を言っても無駄だろう。

友貴は携帯電話を取り出すと、別所に電話をかけた。

だが、「おかけになった電話は、電波が届かない場所にあるか、電源が入っていないため……」というアナウンスが流れて、つながらなかった。電波が届かない場所というのは、山奥か、厚い壁で囲まれた空間を想像するが、後者ならばアドバイスをまったく活かしていないことになる。

　まさか、彼女もすでに――

「くそ！」

　怒りに任せて、ダイニングテーブルを叩く。視界の隅で、沙織の肩がびくりと跳ねたのが見えた。……あの仲居のババアめ。何が「〝窒息の家〟に行くのはやめた方がいい」だ。全然関係ないじゃないか。

　真殿は、あかずめの呪いによって死んだ。

　だが、彼は〝窒息の家〟には行ってない。

　つまり――最初から、あの家は何の関係もなかったのだ。

　友貴は、歯噛みする思いだった。まるで、呪いに弄ばれているみたいだ。最初に高橋が死んで、〈セーラー服の女〉に出遭えば呪われるのだと思った。だが、続いて佐々山が犠牲になり、〝窒息の家〟を訪ねたことが呪いの条件だと考えた。すると今度は真殿が死に……また推理がひっくり返ってしまったのだ。

　おかげで、素直に「ざまあみろ」とは思えなかった。真殿が呪いを回避していたなら、それ自体は癪だが、同時に、同じ条件である沙織は安全である証左だった。

　しかし、真殿が呪い殺された今、沙織も危ない。

ガリガリと頭を掻く。……落ち着け。一旦、冷静になろう。

呪いの条件は他にある、冠村に足を踏み入れることが条件なのかもしれない。こうなった以上、これからは沙織も呪われていると考えて行動すべきだ。楽観的な考えは、持たない方がいい。

「沙織、これからは絶対に、閉じた場所には入らないでくれ」

振り返ると、沙織は怯えた目をしていた。

「閉じた場所って……？」

何でそんなこともわからないんだ。

「……トイレとか浴室とか、とにかく窓もドアも閉まった場所だ。いいか、絶対だ」

有無を言わせない口調で言うと、「わ、わかった」と震える声が聞こえた。

「……わかったけど、友貴、どうしたの？　変だよ？　汗がすごいし」

汗？　友貴は、顔を拭おうとして、手のひらにもじっとりと汗をかいていることに気づく。暑さだけのせいじゃない。俺は——俺は、追い詰められているのか？

あかずめによる恐怖に。

「……大丈夫だよ。怖い声出してごめん」

友貴は、意識していつもどおり振る舞おうとした。

「テレビでも見る？　久しぶりだろ。座って、ちょっとゆっくりしてたらどうかな？」

リモコンを操作して、リビングの隅にあるテレビを点ける。アナウンサーがニュースを読み上げる。「IOCは、三人制バスケットボールやトライアスロン男女混合リレーなどの新種目を追加しないと発表し」――どうでもいいニュースだ。

「でも私、お風呂入りたくて……」

何を言ってるんだ、こいつは。

「今言ったよね？　閉じた場所に入るなって。耳の奥まで、耳垢が詰まってるのか？」

「ご、ごめんなさい」

「いいから、座ってろって！」

怒鳴りつけると、沙織は、ぎくしゃくとした動きで、ソファに腰かけた。

……考えろ。どうやって呪いを解く？　やはり、もう一度冠村に行くしかないだろう。そこで、村人を何人か脅してでも、あかずめの情報を得るのだ。

早速、荷造りをしなければ。友貴は寝室に入ると、クローゼットを開ける。

奥にあるボストンバッグを取り出そうとしたとき、声が聞こえた。

――ここから出して……出して……

幻聴だ。記憶の中の声が、ふいに再生されたらしい。

荷造りをしていると、チャイムが鳴った。チョーさんだった。彼は「何度もすみません」「エレベーターはじきに使えるようになりますので」と前置きしてから、淡々とした口調で告げた。

「別所加奈さんが亡くなりました」

正直、想定はしていた。友貴は静かに受け止めた。

場所は、友貴たちが通っている大学だという。溜め息が漏れた。——馬鹿が。あれほど言ったのに、個室トイレかどこかに入ってしまったのだろう。

「大学の……そう、中庭ですね。図書館の近くにある」

チョーさんは、黒い手帳を見ながら言った。

「……中庭？」

あんなところに閉じ込められる場所などないはずだ。屋根もなければ壁もない。

「ベンチのそばで倒れているところを、職員が発見したそうです。死因は……」

チョーさんは、それ以上は言わなくてもわかるだろうと、説明しなかった。

「あの、本当に中庭だったんですか？」

「ええ。直前に、別所さんがベンチで本を読んでいるのを見たという学生がいました。図書館なら冷房も効いてるのに、この炎天下でなぜ……と不思議に思ったそうです」

理由は、あかずめ対策に違いない。忠告どおり、別所は閉じた空間を避けたのだ。

なのに、彼女は死んだ。あかずめに殺された。

友貴は、言い知れぬ戦慄が、足許からせり上がってくるのを感じた。

でも……なぜだ？　あかずめは、閉じた空間にいなければ来ないいんじゃないのか。

俺はまた、間違えてしまったのか。

「……これは、本来言うべきことではないんですが」

チョーさんの声のトーンが変わり、友貴は目線を上げた。

「別所さんの読んでいた本ですが……呪いに関するものばかりでした。呪術とか陰陽道とか、とにかくその手の本ばかりで」

彼女なりに呪いを解く方法を見つけようとしたのだろう。友貴は、演技ではなく沈痛な面持ちになった。ろくでもない男に騙され、わけもわからない呪いで死んだ。

沙織の件は許しがたいが、二十歳そこそこの子が迎えていい結末ではない。

沙織には絶対、そんな死を迎えてほしくない。

「樋口さん、これは個人的にお訊きします。あなた方は、何か理屈では説明できない事態に巻き込まれてるんじゃないですか？」

チョーさんの目は、真剣そのものだった。

「謎の連続窒息死事件――これには、冠村……〝窒息の家〟が絡んでるんじゃないかと、私は思ってるんです」

友貴は、顔を上げた。こいつは、やはり何か知っているのか？

「何か……ご存じなんですか？」

「過去に、似たような事件を見聞きしたことがあります」

「刑事さん、お願いです。助けてください」

友貴は、あえて憐れっぽい声を出した。

「信じられないでしょうが……俺と恋人の沙織はきっと、〝窒息の家〟に呪われています。他の四人も、その呪いを受けて死んでしまったんです」

「それは……本当ですか」

「そうとしか思えません。呪いを解く方法を知っているなら、どうか教えてください」

友貴は、恭しく頭を下げた。本心から人に頭を下げたのは、いつぶりだろう。今は、プライドなどどうでもよかった。沙織と自分の命を守れるなら、何だってしてやる。

「樋口さん、頭を上げて。もちろん、協力します」

チョーさんの声は、さっきまでと異なり、温和なものだった。顔を上げる。微笑む彼は、別人のように思えた。

「じゃあ……」

「ええ、まずは、呪いを解く方法を一緒に探しましょう」

……何だって？

「もうすでにご存じなんじゃないんですか？」

「それは、すみません。管轄が違いますし、警察内には、この手のものには関わるなという不文律がありまして」

「……そう、ですか。――本当にあんたらは、クソの役にも立たないな」

「えっ」

面食らった顔は、次の瞬間には見えなくなった。一瞬の隙を突いて、玄関ドアを閉じたのだ。そのまま急いで施錠して、チェーンロックもかける。

廊下を渡っている間にまたチャイムが鳴ったが、出る気はなかった。途中、あかずめのことを話してないことに気づいたが、もうどうでもいい。

リビングでは、沙織が背もたれも使わず、ソファに姿勢を正して座っていた。

「刑事がいなくなったら、冠村に行くぞ」

「冠村……？　何で？」

友貴は、ノートパソコンを開いて、村までのルートを確認する。……そうか、電車は危ういのか。しかし、車も閉じた空間だ。いや、窓を開けていればセーフか？　確証がない。いっそ、オープンカーをレンタルした方が安心かもしれない。

「ねぇ、友貴ってば。どうなってるの？　私、ト、トイレも行きたいんだけど」

「いいよ。でも、ドアは開けててね」

「ドア……？　何で？」

友貴は、辟易（へきえき）した。さっき言っただろうが。

「嫌なら、寝室のやつを使えばいい。使い慣れてきたんじゃないか？」

そう言うと、沙織はかぁっと顔を赤くした。

「何で、そういうこと言うの？」

レンタカー屋は、繁華街まで行かないとないな。そこまでは歩いていこう。

「ねぇ、もう十分、友貴の言うこと聞いたでしょ？」

うるさいな。

「本当はあと一日残ってたんだぞ。約束は、夏休みの三日間だからな」

「は？　出ろって言ったのは、友貴でしょ？」

沙織は、金切り声をあげた。

村に到着するのは、夕方くらいか。まずは、あの民宿に突撃しよう。

「ねぇ何なのこれ？　嫌がらせ？　真殿くんとは何もなかったってば！」

すると、ぷんと異臭が漂ってきて、友貴は顔を上げた。

いつの間にか、沙織がすぐ近くに立っていた。大きな瞳が、赤く潤っている。

その姿を見て――友貴は、ニッコリと笑った。

まるで、迷子になったペットが泥だらけで帰ってきたときのような、愛しい気持ちがあふれてくる。

「……お願いだからもう、自由にさせてよ」

涙でぱりぱりになった眦（まなじり）を、また涙が濡（ぬ）らす。

皮脂と汗でギトギトになった茶髪。灰色の垢（あか）が浮いた白い肌。

ここまで漂ってくる、彼女本来の臭い。

たとえ三日間閉じ込められていても、沙織は美しかった。

7

旅行から帰った翌日、佐々山からの懺悔（ざんげ）の後、友貴は盗聴器のデータを確認した。沙織のお気に入りの鞄（かばん）に仕掛けたものだった。耳を塞（ふさ）ぎたくなるような音声が録音されていることを覚悟したが、実際には、沙織が真殿を拒絶し、自室に逃げ込む音が入っていただけだった。

危なかった。盗聴器がなければ、沙織を信じることは、到底できなかっただろう。それでも友貴は、佐々山の告発だけを武器に、何も知らないふりをして沙織を問い詰めた。

黙っていたという負い目があったのだろう。沙織は最初こそ「何もなかった」「私だって若い人と遊びたかった」と弱々しく言い訳していたが、徐々にお互いにヒートアップしてしまい、交際史上最大の大ゲンカになってしまった。

だけど俺は、紳士的に対応していたのだ。……彼女が禁句を口にするまでは。

「──働いてないくせに、えらそうに」

その一言に、カッとなった。

友貴は、沙織を無理やり、寝室のクローゼットに閉じ込めた。まったく、力で勝てない相手になぜ挑むのだろう。彼女から「暗いところが苦手」と打ち明けられたときから、お仕置きは暗い場所でと決めていた。

内側から開けられないよう、取っ手同士を紐（ひも）で縛る。最初は激しく抵抗していた沙織は、数分もすれば子供のように怯（おび）えた声で懇願した。

──ここから出して……出して……

お願い……ごめんなさい、出して──

わかればいいんだ。友貴は沙織を解放すると、「真殿裕生」のファイルを見せ、自分がどれほど危険な目に遭ったか、そして、その原因は友貴に逆らって旅行に行きたがったことにあったことをこんこんと言い聞かせた。沙織は反省しているようだったが、真殿とのことを黙っていたことも含めて、けじめをつけなければならない。

次の土日と夏休みの三日間、一切寝室から出ないこと──

それが、友貴が提案した罰だった。

一切というのは、お風呂(ふろ)はおろか、トイレのために出ることすら許さないという意味だった。計五日間も身体を清められないというのは、女性にはこれ以上ないペナルティだし、今回、最悪の事態は避けられたものの、「穢(けが)れた身体」になっていてもおかしくなかったのだと、沙織に自覚してほしかったからだ。さすがに、部屋の中で垂れ流しは勘弁してほしかったので、簡易トイレを用意したが、それでも臭いはどうしようもない。昨日の夜など、彼女の体臭と排泄(はいせつ)の残り香で、あかずめが来たのかと何度も勘違いしたくらいだ。

寝室には、後付けの鍵(かぎ)をつけた。

別に、寝室という場所にも、五日間という日数にも、拘(こだわ)りはなかった。

友貴はただ、沙織に言うことを聞いてほしかっただけだ。

「閉じ込める」という罰は、その場で思いついた。ついさっき、彼女を閉じ込めていたときの興奮──相手の自由を奪い、生殺与奪の権を奪っているという優越感。

それは、真殿によって傷つけられたプライドを、ほんの少し癒(いや)してくれた。

これなら、彼女が自分だけのものだと、再認識できそうだ。

こうして友貴は、沙織を閉じ込めることにした。

7月9日（火）　午前12時49分

二人の沈黙に、テレビの音声が割って入った。

「――速報です。今日の午前十時半頃、東京都××区の交番のトイレで、女性の遺体が見つかりました」

交番で遺体発見――画面に差し込まれるようなアニメーションでテロップが流れる。

すぐに画面が切り替わり、どこかの交番の外観が映し出された。

「繰り返します。本日午前十時半頃、東京都××区の交番のトイレで、女性の遺体が見つかりました。発見したのは勤務中の警察官で、遺体は都内の大学に通う宮園琉莉(みやぞのるり)さんと判明しました。死因は、窒息死と見られています」

「警察官によると、宮園さんは十時頃に交番を訪ね、『知人男性が犯罪に関わっているかもしれない』と相談をしていたとのことです。警察官が詳しい話を聞こうとしたところ、宮園さんは気分が悪いと訴え、交番の個室トイレを貸し出したらしく――」

「宮園琉莉……？」

聞いたことがある名前だ。友貴は、記憶を掘り起こそうとするかのように、頭を掻いた。……そうだ、飲み会にいた女だ。フリフリの服を着て、頭と尻の軽そうな女。

だが、何であいつが。

しかも、窒息死だと？

ニュースは続いた。個室トイレから宮園琉莉が出てこず、女性警官が鍵を壊して入ると、宮園琉莉が倒れていた。遺体の状況から窒息死と見られているが詳細は不明。しかし、トイレの構造上、窒息することはあり得ず、警察は事件と事故の両面で捜査を進める方針――

そして、次です、とあっさり画面が切り替わる。

何がどうなっているのかわからず、友貴は呆然とした。

……宮園琉莉も呪われていた？　知人男性というのは、まさか、真殿？　でもどうして。あいつも冠村と関係があったのか？　何で。意味が。どうして。何で。

あかずめは人を閉じ込めて殺す――

まただ。またあの声がした。頭が痒くなる。掻く手が止められない。

何でだ。何で。

何で俺は――あの言葉をいちいち三人に伝えたんだ？

ぞわりと、足許から鳥肌が全身に立った。

と同時に、理屈では説明できない閃きが脳内に迸る。

それはまるで天啓のように、友貴にある可能性を示した。

……まさかと思う。そんなことがあり得るのか。

「友貴……？　どうしたの？　頭痒いの？」

呪いの条件は、〈セーラー服の女〉でも、〝窒息の家〟でもない。

あかずめのことを知ることなのではないか？


だから、高橋は死んだ。友貴と同じく、〈セーラー服の女〉から聞いたから。

だから、佐々山は死んだ。友貴からあかずめのことを聞いたから。

だから、真殿は死んだ。友貴から聞いたから。

だから、別所は死んだ。彼女も友貴から聞いたから。

高橋以外の三人は、友貴が呪いに巻き込んだ。いや、違う。そうなるようにあかずめが、あるいは〈セーラー服の女〉が仕向けたのではないか。

あの言葉を俺の意識に刷り込み、あかずめの存在を、呪いを、伝えさせた。

「友貴、やめて、友貴」

……でも、じゃあ、宮園琉莉は？

その疑問には、新たな閃きが答えてくれた。

――あかずめは人を閉じ込めて殺すんでしたっけ？


電話口で、真殿はそう言った。

あのとき、真殿は「自宅で一人」だと言っていた。……本当だろうか。

訊いてもいないのにどうして「一人」だと付け加えたのか。

本当は、誰かと一緒にいたんじゃないだろうか。

たとえば――宮園琉莉と。

「友貴、手が」

宮園琉莉は恐らく、そこであかずめについて知ってしまった。その存在を。

何をするものかを。

そして彼女は、真殿と別れてから交番へ向かった。なぜかはわからない。もしかしたら、彼女も真殿の悪事に気づき、警察にチクろうとしたのかもしれない。

そして閉じた空間――個室トイレに入り、あかずめに遭遇した。

はたと思う。もしや自分は〈セーラー服の女〉の言葉を勘違いしてたんじゃないか。

「わたしは死者」「呪いの死者」

違う。あれは、こう言っていたのだ。

「わたしは使者」「呪いの使者」だと。

〈セーラー服の女〉は、そもそも呪いを広めるための存在だったのではないか。

そして、友貴は知らず知らず、そのアシストをしてしまっていたのだ。

もう一人の呪いの使者として。


悪気はなかった。知らなかったのだ。

それに、あの四人は自業自得でもある。共謀して、沙織を辱めようとしたのだから。

あんな奴らはどうでもいい。

自分がやるべきことは、沙織を守ることだ。

友貴は、沙織の方へ向き直った。あかずめを知ってるか——そう質問しようとして、踏みとどまる。藪蛇(やぶへび)になるかもしれないからだ。この質問が、彼女があかずめを知るきっかけになるかもしれない。

沙織は、恐ろしいものを見るかのような目で友貴を見た。

「友貴、血が」

「え？」

頭を掻く手に、汗とは違う、ぬるりとした感触があった。見ると、指先が真っ赤になっていた。掻き過ぎて頭皮を傷つけたらしい。

「ああ……大丈夫。ちょっと、やり過ぎた」

「でも」

「いいから、沙織は、風呂に入ってきて。出てきたらちゃんと話すから」

安心させるために笑顔を見せる。沙織は心配そうな表情を浮かべたが、気持ち悪さに耐えられなくなったのだろう。「すぐに出るからね」と浴室に向かった。

友貴は、ソファに腰かけた。……大丈夫だ。

沙織は今のところ、呪われてない。

沙織のスマートフォンは、土日から友貴が預かっていた。その前から、旅行メンバーとやり取りはないし、旅行中にも、あかずめの話は彼女の耳に入っていないはずだ。

がああ、と浴室の中折れドアが閉まる音がした。

それから、シャワーヘッドから水が噴き出る音と、タイルに滴る音。

……あとは、友貴自身がどう助かるかだ。

希望がないわけではなかった。自分は、一度ならず二度もあかずめに遭遇している。

そして、二回ともあかずめの魔の手から逃れているのだ。

これにも、明確な理由があるはずだった。死者となった四人と、自分との違い。それさえ突き止めれば、あかずめの呪いは克服したも同然だ。

考えろ――友貴は、集中して、思案に耽った。

だが、いくら仮説を立てようとも、実証できなければ机上の空論に過ぎない。そして、検証しようにも、失敗すれば自身の命が失われるのだ。それは検証ではなく、ぶっつけ本番と呼ぶべきだ。

気がつけば、沙織が風呂に入ってから、二十分は経っていた。

浴室からは、しゃあああ……と、今もシャワーが流れる音が聞こえている。さっき、数分間その音は途絶えていたが、沙織が身体を洗っている間に止めていたのだろう。

再びシャワーの音が聞こえ始めたときは、ホッとした。

どろりと頭から一筋の血が垂れて、鼻根で二股に分かれた。自覚がなかったが、どうやら自分は、かなり追い込まれていたらしい。もし、「あかずめの話を聞いた者が呪われる」という推理すらも間違っていたとしたら――今度こそ耐えられないだろうなと思う。

シャワーの音が続いている。すぐに出るとは言っていたものの、三日分の汚れとなると、長くなってもしかたない。

しゃあああ……

音が五分間続いたとき、友貴は立ち上がっていた。

廊下に出て、途中にある脱衣所に入る。

浴室の中折れドアを見て——友貴は、その場に立ち尽くした。

ドアの樹脂パネルに、幾筋もの赤い線が走っていた。


シャワーの音は今も続いている。

赤い線は、まるでストローで吹いた絵の具のように真下や斜めに垂れ下がり、ピンク色に変わっていった。

パネル越しに、もうもうと立ち込める湯気が見える。

その向こうで、床に倒れている肌の色も。

ドアを開けて確かめようにも、一歩踏み出す力すら湧かなかった。

——嘘だ。いったい、何で。どうして……

いつだ。いつ、あかずめは沙織の許(もと)に現れたんだ。いや、あかずめが来たとしたら、なぜ沙織は、黙って殺されてしまったんだ。悲鳴の一つでもあげてくれれば、すぐに駆けつけたというのに。

そう考えて——友貴は、高橋の死の状況を思い返した。彼があかずめに襲われたのは、駅のトイレだ。ドアと天井の間は開いていて、叫べばそのまま声は外に届く。たとえ窒息の苦しさで大声をあげられなかったとしても、ドアにあれだけの傷を残した音は、他の利用者に聞こえていたはずだ。なのに、誰も気づかなかった。

次に、佐々山のことを思い出す。……あいつはどうして電話をかけてこなかったんだ。ドアも窓も開かないなんて状況に陥ったら、真っ先に思いつくのは、電話で外部と連絡を取ることではないか。

真殿だって、エレベーター内から緊急連絡ができたはずだ。宮園琉莉だって。

考えられるのは――あかずめに閉じ込められたら、外部とは連絡できなくなるという可能性だ。つまり、中の音が、外に聞こえなくなるのではないか。

じゃあ、あのとき、シャワーの音が途絶えていたときは――

両目から、熱いものがこぼれ落ちた。

シャワーの音が聞こえる。

それはまるで、脳内にかかるノイズのようだった。絶望が、友貴から思考する力すら奪おうとしていた。後に残るのは、きっと死に似た虚無だけだ。

頭が痒(かゆ)い。掻(か)く手が止まらない。

どうしてだ。どうして、沙織は呪われてしまった？

ふと見ると、脱衣所の鏡に、見知らぬ男が映っていた。ぼさぼさの髪。顔と指先が血だらけだ。友貴は虚(うつ)ろな瞳(ひとみ)でそれを見つめ、ややあって自分の姿なのだと気づく。

シャワーの音が聞こえる。

それすら聞こえなくなったとき、俺は完全に崩壊する。
シャワーの音がきこえる。
どうして。どうして。頭の中で繰り返す。
自分が自分で失くなっていく感かくの中、ひっ死でかんがえる。
どうして、沙おりは、あかずめに呪われてしまったのか。
だれがさ織に、あかずめのことをおしえたというのか。
それとも、おれのすいりは間ちがっていたのか。
すると、小さな火ばながのうないではじけた。
シャワーのおとがきこえる。
かの女の言ばをおもい出す。

――うなされてたよ。寝言もすごかったし

しゃわーのおとがきえる。
めのまえにしらないおとこがたっている。

第三章　密室のあなたへ

1

殺さなくてはと思った。絶対に。何があっても。

こいつは、わたしの人生の邪魔になる。未来を滅茶苦茶にする。

だから、取り返しがつかなくなる前に、この世から消さなくてはならない。


家の階段を上っていく。――一段一段、殺意を確かめるように。

手すりを握る。身体が重い。当然、気は進まない。進むわけがない。

それでも、やるしかない。

踊り場にある小窓から、夕陽が射し込んでいる。白い壁が、憂鬱なオレンジ色に染まっていた。静まり返った家、わたしの荒い息の音だけが聞こえている。

……やるからには慎重を期さなければ。こいつのために捕まるのは避けたい。

あるいは、わたし自身に被害が及んではならない。

及んだとしても、最小限に抑えなくてはならない。

ミルクティー色の階段。――まだわたしが赤ん坊だった頃、二階で仕事をしている父の許へ行くために、短い手足で懸命にこの階段をよじ登っていたと母から聞いたことを思い出す。

段を上るにつれて、薄暗い廊下に、締め切られた扉が見えてくる。

上り切ったところで、わたしは立ち止まった。

そして――ああ、やっぱりできない、と目を閉じる。

だけど、愛してるからじゃない。……怖いんだ。

自らの行動の結果に、責任を負える気がしないからだ。

手すりに置いた手が震えている。片手でお腹のあたりを押さえる。

下唇を嚙むと、鉄の味が舌先に滲んだ。

目を開ける。階段から離れて、ある部屋の扉の前に立つ。

溜め息が出た。……どうすればいい？

考えた結果、わたしにできることは、やっぱり一つだけだ。

木製の扉に触れる。暗い密室の中にいるこいつを、静かに葬る手段を思い描く。

やるしかない。リスクがあっても。

呪い殺すんだ。

――わたし自身の幸せのために。

2

コートの中では、止まってると死ぬ。

選手としてのわたしが死ぬ。百六十センチしかないわたしは、バスケットコートの中では人間扱いしてもらえない。だから獣になる。動きまくる。

「無駄な動きすんなや」ってコーチは言うけど、身体が止まっていられない。状況を見て判断する前に身体が動いている。意味がないときもある。「何がしたいねん」って叱られるときもあるけど、あんまり気にしてない。

——百回動いて、一回点数につながるなら、それでいいと思ってる。


「めっちゃ非効率的やん！」

四月中旬のある日。部活終わりの体育館。その隅っこ。女バス部員で円になって、クールダウンという名のダベりの時間。少し離れたところで、同級生で小学校からの付き合いのたむちゃんが脚を伸ばしながら言った。Tシャツの首回りの色が、汗で濃くなっている。

「そうかなぁ」

わたしは、裏の自販機で買ったアクエリを喉に流し込んだ。まだ熱い身体の中、アクエリは食道のどこを流れているかわかるくらい冷たい。

「そうやて。彩夏さ、動きまくってるからパスしにくいねん。一人だけキュッキュッの音の量ちゃうもん。ねぇブチョー？」

話を振られた部長――山代先輩も、ストレッチの最中だった。肩まで捲ったシャツの袖から伸びる二の腕がたくましい。彼女は「うーん」と困った顔をして、

「でも、相手チームの攪乱になるし、強みでもあるんちゃうかな」

ほら、とわたしはたむちゃんに向かって笑みを見せる。たむちゃんは「いや気ぃ遣われとるだけやから」と言って譲らない。はいはい四十分には出るよ、と部長が手を叩いた。

檻みたいなカバーがついた体育館の時計は、午後六時三十分になっていた。窓の外はもう暗くなっている。体育館にはバスケ部の他にも、バド部とか卓球部がいて、道具を片付けたりダベったりしていた。腹減ったぁという声があちこちで聞こえる。

「何かさー、サメっぽいねんな、バスケしとるときの彩夏ちゃんって」

三年の皆川先輩は、水筒の蓋をきゅううっと締めながら言った。

「サメですかぁ」

「うん、動いてないと死ぬ感じ」

「サメってそうなんや。かわいそ」

「どっちかと言うとカピバラ……」

たむちゃんが言って、みんなが笑う。

「あー、ぽやーっとしとる感じね」「温泉入ってそう」「癒し系やん」

口々に勝手なことを言い始める。どこがやねんとわたしが牙を剝くと、たむちゃんは「ジョーズやったわ」と言って、またみんなが笑う。「ユニバ行きたーい」と誰かが言い、「あれってホラー映画やっけ?」と誰かが訊く。いやサメ映画やろ。それってそういうジャンルなん? やってめっちゃ怖いで。知らん観たことないわ。運動会の玉入れみたいに会話が飛び交って、収拾がつかなくなる。みんなが競うようにしゃべりまくる時間——こういう時間が好きだったりする。

「ホラーって言えば……誰か、あかづめって怖い話知ってます?」

たむちゃんが言うと、会話がピタリと止んだ。聞き慣れない単語があったせいだ。

「あかづめ?」「知らなーい」「何ですかそれ」

「——聞いたことあるかも」

山代部長が言い、たむちゃんが「おっ」と声をあげた。

「ブチョー知ってます? それってどんなお化けなんすか?」

お前も知らんのかい、とみんながツッコむ。

「ごめん、名前だけ。てか、それ知っちゃったらアカン系のお化けちゃう？」

「どゆことですか？」とわたし。

小学生のときに聞いた人のとこに〇〇は来ます、的なヤツ。さっちゃんの四番とか」

「ほら、この話を聞いたことがある。童謡「さっちゃん」の四番は、さっちゃんが電車に轢かれて足を失った……という血腥い歌詞で、それを聞いたり歌ったりすると、さっちゃんのお父さんが鎌を持って夜中に足を切り取りに来る、という怪談だ。

たしか、さっちゃんが好きなバナナを置いていたら、襲われずに済むんだっけ。この話を聞いたときには怖くてたまらず、お父さんに「バナナ買ってきて」って泣いてせがんだのを思い出す。……あの頃は幸せだった、本当に。

意識を現実に戻すと、たむちゃんが「お前ふざけんなし」と責められていた。

「ちゃうって！　名前だけならセーフやから！」

「そうなん？」「ほんまかよ」

「ほんまです。やから、あかづめが何するかはわかんないんですよ。小学校んときにそれが一時期流行って、で、ふと誰か知らんかなぁ……って」

「それさ、知ってたらその人死んじゃってるんちゃうの？」

あっ、とたむちゃんが口を開けて、皆川先輩が「ごめん、田村ってほんまにアホ？」とタオルで口許を隠しながら言う。わたしが「小学校のときからわかってましたよ」

と言い、みんなが笑う。お腹を抱えている子もいる。体育館に女バスの笑い声が響く。

「――それ〝牛の首〟系の怪談ですよ」

後ろから声が降ってきて、振り返った。すぐ目の前に、真っ白い太ももがあった。びっくりして目線を上げる。卓球部のユニフォームを着た男子が、わたしを見下ろしていた。

「は……？」

「知りませんか牛の首。小松左京先生の、あ、元ネタは今日泊亜蘭先生らしいけど」

突然話しかけられて、目が点になった。他のメンバーもきょとんとしている。

病的に白い肌。小さな一重の目。高校生には見えない幼い丸顔――見覚えのある顔。

「たしかに今だと鮫島事件かな。今話してましたよね？」

サメジマジケン？　コマツサキョー？　知らない単語を並べられても何が何だかわからない。というか早口で聞き取りにくい。

当たり前に、微妙な空気が流れる。男子生徒だけが薄っすらと笑っていた。だけど緊張しているのか、ユニフォームの裾を掴む手が芋虫みたいにもぞもぞと動いている。

「まぁ、身内ノリの下らない怪談ですよ。排他的で選民的で……」

「ええーってもう、冴田」

すると、同じ卓球部の男子が二人やってきて、冴田くんの肩を叩いた。

「ごめんなさい、こいつちょっと空気読めないとこあって」

「今回収しますんでご安心を」

　ヘラヘラと笑いながら、二人が冴田くんの腕を引っ張る。冴田くんは黙って連れて行かれたけど、ずっと薄笑いを浮かべていた。

「……何あれ、キッショ」

　たむちゃんが、吐き捨てるように言った。

「全員な。何『ご安心を』って」

「女子としゃべれて嬉しいって感じ。わざわざ二人で来てなぁ」

「ふっ、しゃべれてすらないけどな」

　みんなが好き勝手なことを言う。わたしは、聞こえているんじゃないかとハラハラした。というか絶対聞こえている。女子流の、二度と話しかけるなという牽制なんだ。

　わたしたちは容赦がない。「キモイ」と思ったものに遠慮がない。そいつが好きなものや、生み出したものさえ否定しなければ気が済まない。世界史の授業で「迫害」という言葉を初めて知ったとき、わたしは「今も昔も人は変わらないんだ」と思った。

　何だか白けた空気になった。わたしたちはそそくさとストレッチを終えて、体育館を出た。部室に戻ってジャージだけ羽織って、校外へ出る。

「もう全然着替えんくなったよなー」

「冬の間は寒かったし」

「あったかなってきたよな」

ぞろぞろと塊になって帰る。下校道の端っこには、散った桜の花びらが白い道を作っている。わたしは会話に交ざらず、さっきの「あかづめ」について考えていた。

知っただけで死ぬ──そんな便利な怪談があればいいのに。

「めっちゃキモかったよなー、ブサエダ」

隣を歩いているたむちゃんが、嫌悪感丸出しの顔で言った。

「憶えとる？　小六んときに、あいつが先生のことコンパスで刺した事件。あの先生、めっちゃ優しくてええ先生やったのに」

そんなこともあった気がする。たしか、学年集会が開かれたような。

「マジであいつと小中高一緒とか汚点でしかなくない？」

たむちゃんは止まらない。わたしは冗談めかして「そこまで言う？」と笑う。

「やってさー、ちょっとでも接点あるとか嫌やろ？　あんなキモイのとさ」

そのとき、一人の男子生徒がわたしたちを追い抜いていった。小柄で、ひどい撫で肩の背中──ドキリとする。冴田くんだ。

彼はユニフォームのままだった。半袖から伸びる二の腕が赤く腫れていたような気がするけど、見間違いかな。陰口が耳に入っただろうに何も反応しないで、競歩みたいなスピードで去っていく。

「……聞こえてたよね？」とわたし。

「別にどうでもええよ。てかさ、簿記の樋口センセーおるやん？　今度さ、二人っきりで勉強見てくれることなってん！」

「え、本気やったん？　やめときって。あいつ絶対たらしやん。てかいくつ？　三十過ぎてなかった？」

「三十二やって。絶対大人の男がええってー。同級生とかガキじゃね？」

嬉しそうに語っている。冴田くんのことは、もう頭の片隅にもないのだろう。

小さな背中は、もうすでに見えなくなっていた。

3

駅に着くと、女バスのメンバーと別れた。今朝、弟の冬樹にミスドを買って帰る約束をしていたのを思い出して、バス停の行列から離れる。

住宅街にある、白い壁のごく普通の一軒家。それがわたしの家だった。

駐車場の家庭用バスケットゴールが、街灯に照らされていた。あたりが静かでホッとする。家に近づくと、玄関ドアの前の階段に腰かけている二人分の影を見つけて、足が止まった。――冬樹と、隣の家に住む四島拓也だった。

「あ、ほら、お姉ちゃん帰ってきたで」

短髪でジャージ姿の拓也が、冬樹の背中を叩いてニッと笑った。

「拓也……どしたん？」

「冬樹が家入れん言うから。うち入れてもよかってんけど、お姉ちゃん待つ言うて」

わたしは、小学校三年生の冬樹の顔を見た。薄暗がりでもわかるほど顔色が悪い。

「……もしかして、降りてきとったん？」

訊くと、冬樹は無表情で頷いた。「ベトベトンがいた」

べとべとん？　何のことかと思ったけど、冬樹がハマっている「ポケモン」に出てくるキャラクターの名前だと気づく。ヘドロをまとった、液状型のモンスターだ。

わたしと拓也は、顔を見合わせた。

「おばさんはまだなん？」と拓也。

「……たぶん、まだパート行ってる」

「そっか。でも、もう上がったんちゃう？　結構経つし」

「やとええんやけど……」

「一緒に入るわ。まだいはったら、すぐに出たらええよ。そしたらうちおいで」

拓也の言葉に励まされて、わたしは頷いた。玄関ドアの横には、ユーカリ・ポポラスがグレーの鉢に植えられていた。ドアノブを握る。ドアには、桜のリースがかかっていた。月ごとにママが変えている。

うちは正常です。大丈夫です。――そう、ご近所さんにアピールするために。

恐る恐るドアを開ける。真っ暗な玄関に、冬樹の黒いランドセルが放り出されていた。きっと、入ってすぐに気配に気づいて、慌てて飛び出したんだろう。スイッチを押すと、カチッと音がして明るくなる。白い壁と、パントリーの焦げ茶色の扉。

リビング扉のすりガラス――その向こうは暗い。

「おらんのかな」

さりげなく、拓也が一番前に出てくれた。彼がゆっくりと引き戸を開ける。

気配はなかった。妙に寒い。わたしは、拓也の背中越しにリビングの様子を見る。

奥の方が明るい。――冷蔵庫だった。ドアが開けたままになっている。

引き戸の横の照明スイッチに触れる。リビングが明るくなって、わたしは絶句した。

キッチンとダイニングテーブルに、食べ物が散乱していた。

食べかけの菓子パンやスナック菓子、飲みかけのジュースのペットボトルが、そこらじゅうに散らばっている。他にも、ソーセージやアイスクリーム、牛乳パックや調味料など、とにかく冷蔵庫の中身がめちゃくちゃにぶちまけられていた。

「ひどいな……」

拓也が苦々しく言って、わたしは途端に恥ずかしくなった。

「あ、大丈夫そうやから、もう帰って、ね」

急いでキッチンの横にある脱衣所に行き、タオルを取ってくる。戻ると、拓也はまだいた。わたしは、まず足許(あしもと)にあるジュースの水溜(みずた)まりから片付けようとする。

「手伝うわ」

「ええから、ね、帰って」

すると、玄関の方で物音がした。わたしはギクリとする。

リビングに入ってきたママは、一瞬だけ青ざめて——にっこりと笑った。

「……ああ、拓ちゃん、来てたん？　こんばんはぁ」

彼女はフローリングに転がる割れた卵も豚肉のパックも避(よ)けてテーブルに近づき、両手に持っていたスーパーの袋を置いた。リビングの照明の下、中身が透けて見えている。——メロンパン、コーラ、コーヒー牛乳、ポテトチップス、みたらし団子。

みんなみんな、あいつへの供物だ。

「拓ちゃん、ええよぉ、もう帰り。それかご飯食べてく？」

ママの笑顔は引き攣(つ)っていた。見られたくなかったんだ。この惨状を。

だけど、何でもないふりをしている。大丈夫なふりをしている。

「……いや、ええです。お邪魔しました」

玄関を出た拓也を追って、わたしは言った。

「ごめん拓也。あ……ありがとう」

拓也は、白い歯を見せて笑った。

「ええって。お隣さん同士やん」

それだけ？――訊きたかったけど、胸に留めておく。

家に戻ると、食材で荒れたリビングの真ん中で、ママが立っていた。

「……ママ？」

「昨日の晩ご飯しょぼかったから、その仕返しやなぁ」

口の端を歪めて笑う。薄い溜め息。それと、唾を飲み込む音が聞こえた。

それからわたしたち三人は、リビングを一時間かけて片付けて、晩ご飯を食べた。

ドーナツを食べているときには、いつもの日常に戻っていた。

※　※　※

結論から言えば、「牛の首」なる怪談は……存在しません！

いや、存在はするのかな？　あくまで「すっごい怖い話」として語り継がれてるけど、誰もその内容を知らないっていう……言うたら「牛の首という怪談があるってい

う怪談」なんです。これを聞いた者は呪われて三日ともたずに死んでしまうので、まぁ理屈になってるっちゃあなってるんですよね。

　でもわかりませんよ。誰かが「牛の首」をどこかに書き残してるかも。録音してるかも。聞いたけど、何らかの理由で呪いを逃れているかも。

　あなたは知らず知らず、その本当の内容を知ってしまうかもしれません……。

※　※　※

　鮫島事件は架空の事件です。2ちゃんねるの住人が作ったジョークです。中身はありません。新参者を釣るために作られました。「鮫島事件とは何ですか？」と書き込むと、「あれは嫌な事件だった……」「やめろ」「思い出させるな」などの返事がもらえますので、逆に釣ってやりましょう。

※　※　※

　二階には三部屋ある。一つはわたしの部屋。一つはママと冬樹の部屋。

　もう一つは、パパ――いや、あいつの巣穴になっている。

いつも引き籠っているけど、ごくまれに一階に降りてくるらしい。わたしはもう、一年くらい姿を見てない。

ベッドに入って眠るまでが嫌だった。隣の、あいつの息遣いが聞こえるから。食べる音。椅子を動かす音。呟く声。それからときどき、住宅街に響くほどの奇声。暗い部屋ではいつも、どうしてこうなったのかと考える。それからどうしたらいいかを。でも答えは出ない。圧し潰されそうな気持ちのまま逃げるように眠る。

その夜は夢を見た。あいつがパパだった頃の夢。

背が高くて、テレビに出ている俳優さんみたいに痩せていて恰好良かった。自慢のパパだった。パパに似てるねって言われるのが嬉しかった。

子供の頃は、色んなところに連れてってくれた。パパとショッピングモールに行って、ママに内緒でサーティワンのアイスを食べるのが好きだった。

「彩夏、バスケ部入るんか！」

中一のとき、入る部活を報告すると、パパは目を丸くした。その週末に、家庭用のバスケットゴールが家にきた。「入学祝いや」とパパが笑った。ママはひどく怒っていた。パパを散々怒鳴りつけて、「粗大ゴミにせんでよ」とわたしにも怒鳴った。

「またママに怒られてもたなぁ。まぁ、また稼ぐわ」

パパは笑った。わたしと冬樹にだけ見せてくれる、その笑顔が好きだった。

こめかみのあたりがこそばくて、目が覚めた。……涙が伝っていたせいだ。

喉が渇いていた。ベッドから出て——耳を澄ませる。隣の部屋から物音はしない。寝ているのだろう。珍しく降りてきたから、今日はもう大丈夫だ。一日に二回はさすがにない。

できるだけ音をたてないように、自室を出て、とん、とんと階段を降りる。電気は点けないまま、水道水をコップに注ぐ。

飲み終えたとき——二階で、ドアが開く音がした。

ママだ。冬樹がトイレにでも行きたくなったんだろう。

そう思い、水をおかわりしていると、
ぎし……

階段を踏む音が、家じゅうに響いた。

コップを持つ手が宙で止まる。

潤ったはずの喉が、急速に渇いていくのがわかった。

ぎし……ぎし……と、さらに音がする。リビングにある階段の入り口を見る。

嘘。来る。

咄嗟にキッチンの横の脱衣所に隠れた。音がしないよう、そっと引き戸を閉じる。

カチャ……という音があいつの耳に届いていないか不安だった。

足音が近づいてくる。べちゃべちゃという、粘りつくような音。

それと、こひゅー、こひゅーと苦しそうに息をする音。

脱衣所はリビングよりも寒かった。足の裏がひんやりと冷たい。

……もしあいつが、こんな夜中にお風呂に入ろうと思い立ったのなら。いや、きっと喉が渇いただけだ。そうに違いない。そうであってほしい。

ドア一枚を隔てて、あいつの気配を感じる。わたしは、鼻を押さえた。

臭い。汗と油を混ぜて煮詰めたような、ひどい悪臭がドア越しにも漂ってきた。

これはあいつの臭いなのか。もしかしたら、本当にお風呂に入りに来たのかもしれない。心臓が破裂しそうなほど高鳴る。でも、ドアの表面を見つめることしかできない。

足音が止まってから、どれくらい経っただろう。……音がしない。

いや、耳を澄ませると微かにする。――くちゃ、くちゃと水分を多く含んだ音。

何してるんだろう。恐ろしいはずなのに、好奇心が止められない。

たまらず、わたしは引き戸をゆっくりと開けた。

指一本分ほどの細い隙間にキッチンの様子が見える。

悪臭が鼻をツンと刺した。

そこに、化け物がいた。

灰色のスウェットがはち切れそうなほど膨らんだ肉体。服の上からでも、贅肉が段々になっているのがわかる。ぼうぼうに伸びた黒髪は、髪というより放置された雑草のように波打っていた。その隙間に見える肌は土気色で、フジツボがびっしりと生えた岩礁みたいだ。長期の不摂生のせいで、ひどく肌が荒れてしまったらしい。

そいつはむしゃむしゃと、ドーナツの残りを貪っていた。

食べカスを盛大にこぼしながら、まるで豚みたいに。

恐ろしさのあまり動けなくなる。気を抜けば歯が鳴りそうで、必死に食い縛る。わたしにできることは、ただひたすらあいつに見つからないよう祈るだけだ。

化け物はドーナツを全部平らげたらしく、長方形の入れ物をぐしゃりと潰した。フランクフルトみたいな五本の指が、ぺしゃんこになった箱を放り投げる。あの手に摑まれたら――したくもないのに、そんな想像をしてしまう。

あ……こっちに来る。

棒のように立ち尽くす。コートにいるときの俊敏さは完全に失われていた。足の裏の感覚がない。異臭が迫ってくる。食い縛る歯が痛い。叫びそうになったその直前、ドアのすぐ前で、化け物が直角に曲がった。

べちゃべちゃという足音が耳にまとわりつく。ぎし……ぎし……と階段を上る音が遠のいていく。ドアが閉まる音がすると同時に、わたしはその場にへたり込んだ。

流れる涙が訴えてくる。――わかってる。あれは化け物じゃない。

パパだったものだ。

一年ぶりに見たパパは、もうパパじゃなくなっていた。


パパが会社に行かなくなったのは三年前――わたしが中二のときのことだ。

その一か月前に、猫のチロが死んだ。病気だった。一番ショックを受けていたのはパパだった。パパは、チロのためにキャットドアを手作りするほどの溺愛ぶりだったから。思えば、あのときから様子がおかしかった。

ある日、会社から家に「水森課長補佐がずっと出勤されていません」と電話があったらしい。その夜、帰ってきたパパをママが問い詰めると、駅前の漫喫にいたと自白した。その後は部屋に行かされたからどういう話の流れになったかわからないけど、寝る直前に見たパパの顔は死人みたいだったのを憶えている。

わたしは、「チロのことが悲しいの？」って訊いた。するとパパは「それもあるけど」と薄笑いを浮かべて、「補佐になってから業務がガラッと変わってなぁ」と言った。泣きそうな声だった。休んだらって提案したら、ママに相談してみるって部屋に戻った。色んなものがパパを追い詰めているんだと思った。

結局仕事は休めず、パパは会社に行き始めた。一週間くらい経ったとき、また会社から電話があった。パパが大声をあげて職場から出て行ったという連絡だった。

警察に連絡して、パパを見つけてもらった。夜に帰ってきたパパは、やつれていて別人みたいだった。それから、パパは会社に行かなくなった。

その日を境に、ママはパパに優しくなった。献身的になった、と言った方がいいかもしれない。甲斐甲斐しくパパの身の回りの世話をするようになった。

そのうち、パパは部屋に引き籠るようになった。

ご飯は、キャットドアを通してママがあげていた。ご飯の他にも、本とかゲーム機とか、たまにパパから注文してくるらしく、ママは素直に従っている。

トイレやお風呂のためにも出てこない。ある日、二階へ上がると異臭がしたので廊下を見たら、チロのペットシートに何かが包まれていて、わたしは絶叫した。ママに抗議したけど、ママは「私が片付けるから」と言って、今では普通のことになっている。

「パパはちょっと、疲れてしもたんや。頑張り過ぎて、していいことと悪いことの区別がよぉわからんくなってしもたんよ」

すぐよくなるから、とママは言った。

それから、あいつの奇行は、どんどんエスカレートした。

最初は部屋の中で暴れたり、大声をあげるくらいだった。数か月経つと、部屋の窓を開けて、住宅街に響き渡る声で奇声を発するようになった。ころす、とか、しね、とか、他にも聞くに堪えない言葉を大声で叫ぶようになった。

ママは分譲区の人たちに、一軒一軒あいさつに行った。療養中ですけどすぐによくなると思うのでご容赦ください――そう言って高いお菓子を渡して回った。

特に迷惑をかけているのは、隣の四島家――拓也の家だった。一年前、パパが使用済みのペットシートを隣の敷地内に窓からばら蒔いた。わたしたちはひたすら謝って、シートを回収した。あのときの拓也ママの表情は、目に焼き付いている。

最初はかわいそうだと思った。家族で支えようと話し合った。わたしも冬樹も、時間があれば扉越しにパパに話しかけた。前の元気なパパに戻ってほしかった。

わたしは自作のクッキーを、冬樹はパパの似顔絵をキャットドアから入れたりした。家族の誕生日やクリスマスには、扉の前にテーブルを持ってきて、みんなでそこで過ごしたりした。

だけど、パパからは何の反応もなかった。

引き籠り始めて二年を過ぎた頃、わたしと冬樹はパパに構わなくなった。ママも、ときどき与えられるパパからの指示に従うだけで、話しかけたりはしなくなった。

最近は、わたしたちは何を飼っているんだろうと思ってしまう。

どうすればあいつから解放されるのか――そんなことばかり考えてしまう。

4

殺人計画案①

・家に火を付ける。

メリット：部屋に閉じこもってるから、あいつは絶対に殺せる。

デメリット：家がなくなる。バレたらタイホされる。他の家に迷惑。

結論：あいつのせいで住むところなくなるとか最悪。却下。

殺人計画案②

・毒を飲ませて殺す。

メリット：放火とちがって他の家に迷惑かけない。

デメリット：タイホの可能性高い。ミスったら余計面倒な存在になる（後遺症とか）。

結論：ごはんに入れるならママの協力が必要？　ママが疑われるかも。却下。

殺人計画案③

・ガスとかで殺す。

メリット：部屋の外から殺せる。使うのはガスとか？
デメリット：大量のガスを用意するのは大変。窓開けられたら終わる。
結論：現実的にむり。却下。却下却下却下却下却下。

5

あいつの姿を見てから数日。わたしはまだ、ショックから抜け出せないでいた。

自然と、家に帰る足取りも重くなる。ある金曜日。いつもより遅く家に帰ると、冬樹がソファで拗ねていた。ママはキッチンで夕食を作っている。

「土日の宿題、教室に忘れてきてんて。彩夏、一緒に取りに行ったってくれへん？」

時刻は七時半になろうとしていた。誰も出んかったら行かへんからねと宣言して小学校に電話をかけると、間の悪いことに校務員さんが出た。八時までに来てくれるなら、門を開けてくれるという。

しかたなく、わたしはジャージ姿のまま冬樹と家を出た。

途中、冬樹に学校の様子をそれとなく訊く。どうやら、あいつが原因でいじめられたりはしていないらしい。けど、時間の問題だろう。きっと噂は広まる。

ふと思いついて、訊いてみる。

「──ねぇ、あかづめって知ってる？」

「あかづめ？　知ってるよ」

「嘘、知ってるん？　何で？」

「この前、如月先生が教えてくれた」

「如月先生が？」

懐かしい名前だった。たしか、わたしが小学生のときにも在籍していた先生だ。今も小学校で先生をやっているらしい。

「ぼくが作文で、パパなんて死んだらええって書いたら、そんなん言うたらあかづめ来るよって、怒られた」

「……は？　あんたそんなん書いたん？」

「うん」

うんって……わたしは、頭に血が上っていくのがわかった。

「そういうことを外で言うなっていつも言うてるやろ！　パパが引き籠りとか！」

「それは書いてへんよ。っていうか、お姉ちゃんもそう思ってるくせに！」

「そ……そんなん思てへんわ！　アホ！」

夜道に、わたしたちの怒鳴り声が響く。冬樹はあからさまに「言わなきゃよかった」という顔になって、泣きそうな顔で歩いている。

……わかってる。冬樹だって、本気で思っているわけじゃない。さみしさの裏返しなんだ。少し怒り過ぎたかもと思い、今回はわたしから折れてやることにする。「あかづめってどんなお化けなん」と訊こうとして——「知っちゃったらアカン系」という山代先輩の言葉を思い出す。でも、そんなことあるわけない。

「……で、あかづめって、どんなお化けなん？」

「…………」

「ねぇ、冬樹くん。お姉ちゃんに教えたってよ」

「知ったら、お姉ちゃんとこにも来るで」

子供ならではの真剣な口調に、ついドキッとしてしまう。

「けぇへんよ。そういうんは全部嘘っぱちや。お姉ちゃんくらいになるとわかる」

「うん。如月先生もそう言うてた」

ん？　あかづめが来ると脅しておいて、すぐに嘘っぱちだと教えた？　信じてほしいのかそうじゃないのか、よくわからない行動だ。何がしたいんだろう。

「……真っ赤な爪のお化け」

「え？」

「血で爪が真っ赤になってて、それでいじわるする子とか刺す。あかづめの話」

「あ……へぇえ、怖いねぇ」

言いながらわたしは「まんまやなぁ」と思っていた。その程度の中身なら、隠す必要もないと思うけど。

夜の小学校は、周りから見ても不気味だった。校門付近にいた校務員さんにあいさつして、校内に入れてもらう。てっきりついてきてもらえるのかと思ったら、「終わったら声かけて」とどこかに行ってしまった。

しかたなく、二人きりで校舎内に入る。目的の冬樹の教室は、三階にあった。

ぽつりぽつりと照明が点いた校舎は、真っ暗よりも何だか怖い。先生たちはもういないのかやたらと静かで、空気は生温かった。スニーカーの足音が、たん、たん、とやたらと響く。冬樹は、わたしの制服の裾をしっかりと摑んで離さない。

トイレの花子さん、テケテケ、さっちゃんのお父さん――今更そんなものどうってことないはずなのに、背筋がぞくぞくする。ついさっきバカにしていたあかづめの話さえ思い出したくない。

三階まで上って、ようやく冬樹の教室が見えてきたとき、

「あ――」

冬樹の足が、急に止まった。

引っ張られて、わたしも足を止める。

向かう先にある三年二組の教室。

その出入口から、赤いものが出ていた。

それは、ゆっくりと伸びていく。——腕だ。真っ赤な腕が出てきている。

ぼんやりとした蛍光灯の光の下、それはぬらぬらとした光沢を放っていた。

一般的な成人男性の腕より太くて、長くて、サメのような尾びれがついている。明らかに人間のものではない。爪が異様に長くて、その先から赤いものがぽたぽたと垂れている。……血だった。リノリウムの床に、血の水溜（みずた）まりができている。

視界ががくんと急に下がって、腰が抜けたんだと気づいた。

「お姉ちゃん」

冬樹の声が震えている。山代先輩の声がよみがえる。

——それ知っちゃったらアカン系のお化けちゃう
やっぱり、噂は本当だったんだ。

あの話を聞いたから、わたしは、冬樹は——

「お姉ちゃん、に、逃げ」

冬樹が肩を引っ張る。わたしは足の踏ん張りが利かない。うまく立てない。

「冬樹……行って」

わたしは冬樹の身体を押す。

そうしている間にも、赤い腕は獲物を見つけた蛇のように、こっちへ向く。

そのとき、

「――ごめんね、大丈夫？」

慌てて謝る声が、廊下に響いた。

教室から出てきたのは、五年ぶりに見る、如月美緒先生だった。

「これね、生徒と一緒に作ったん。高校生の娘も手伝ってくれたんだよ」

冬樹の教室の中。手作りの「あかづめの腕」をわさわさと動かしながら、如月先生は嬉しそうに教えてくれた。肩までの黒髪と、薄い化粧。服装は白のブラウスに黒のカーディガン、ベージュのテーパードパンツ。昔よりも恰好が大人っぽくなった気がする。当たり前か。わたしが小学生の頃に二十八とかだから、今は三十三くらいだ。

「あの……先生は何をしてたんですか？」

「見回りだよ。校務員さんもいるけど、教員も当番制やから」

「……その手袋は？」

「これ？　ああ、隠れて校内に残ってたり、勝手に入ってきたりする子がおるから、そのお仕置き用。二人は違ったけどね。ごめんなさい」

ぺこりと頭を下げる。あかづめの腕も、かくっと手首が折れた。

わたしは、「あかづめの腕」を見せてもらった。ゴム手袋に段ボールを貼ってニスを塗っただけの、子供騙しの出来栄えだ。腰まで抜かした自分が恥ずかしくなる。

「でも、めちゃくちゃビビっといてあれですけど……こんなんすぐバレますよね？」

「いいよ別に。おどかすのが目的だし。それに、その方が怪談なんてしょうもないっ
て思ってもらえるでしょ？」

「お姉ちゃん、ドリルあった！」

口を開きかけたわたしの許に、笑顔の冬樹が走り寄ってきた。

「よかったねぇ冬樹くん、優しいお姉ちゃんがおって」

先生は、ニコニコと冬樹の頭を撫でる。

「……先生、わたしのことは憶えてないですよね？」

「ううん、憶えてるよ。球技大会でいつも大活躍やったよね。小っちゃかったけど、
特にバスケが得意で。田村由美ちゃんとかと仲良くなかった？」

驚いた。わたしは目立つ児童ではなかったし、担任になったこともないのに。

「すご……ほんまに子供が好きなんですね」

「うん、大好き。好きやないとやってられないよ」

昇降口まで送ると言われて、わたしたちは三人で一階に降りた。

するというと、冬樹が「真っ暗な運動場だ」「走りたい」などと言い出した。如月先生が
「いいよ」と言うと、冬樹はミサイルみたいに走っていく。

わたしと先生は並んで立って、暗闇の中、トラックを走る冬樹を眺めている。久しぶりに会った、特に仲良くもなかった小学校の先生。何を話したらいいか見当もつかない。……あ、そうだ。

「……あかづめの話って、ひょっとして先生が作ったんですか？」

訊くと、先生はあっさり「うんそうだよ」と認めた。

わたしは、自嘲の笑みを浮かべた。……何、がっかりしてるんだ。知っただけで死ぬ怪談——そんな都合のいいもの、実在するわけないのに。

「そっか。先生、怖い話とか好きなんですね。意外」

「昔ね、中学生の頃、ある村の男の子と手紙でやり取りしてた時期があって……そのときに、絶対知っちゃいけない怖い話っていうのを教えてもらったの」

絶対に知っちゃいけない怖い話。わたしは、この前、冴田くんから聞いて、その夜にネットの個人サイトで調べた〝牛の首〟と〝鮫島事件〟の話を思い出す。どちらも要するに、何も知らない人をからかうために作られた話だと思った。身内ノリの下らない怪談——たしかにそう言われてもしかたない。

「先生、わたし知ってます。絶対知っちゃいけない怖い話——なんてないんでしょ？」

得意げに言うわたしに、先生は微笑みかけた。

「へぇ、彩夏ちゃんも好きなん？」

「別に好きやないですけど……どっちかと言うとビビりやから苦手やし」

「そっか。……でもね、その男の子が教えてくれたんは、本物やった」

またまたぁ、とわたしはおばちゃんみたいに手を縦に振る。

「もしかして、その男の子が今の旦那(だんな)さんとか、そういうことですか？」

先生は、ゆるゆると首を横に振った。

「その子は、それからすぐに音信不通になってもたから。でも私納得いかんくて、その村の、その子の家まで行ったよ。……空き家になってた」

遠い目で運動場の端を眺めながら言う。

「通りすがりのおじいさんに、この家ってずっと前から空き家ですかって訊(き)いたら、そのおじいさん、吐き捨てるみたいに『村ん秘密ばらしたからや』って。それから、私の腕摑んで言うてん。――『あんた、あいつが文通しとった子か』って」

ぞくりとして、わたしは自分の手首を握った。

「すぐにお父さんが来てくれて、急いで逃げたけどね。それ以来、あの村には行ってない。これから行く気もない」

「……あの、それって何の話」

「やから、あかずめの話は本物」

「え？……いや、さっき、先生が作ったって」

「どこからかあかずめの話を聞きつけてくる子がいるからね、その身代わりに、あかづめの話を作った。内容も、本物と同じで知っちゃいけない怪談ってことにした。その割にしょうもない中身やから、たいていの子は『なーんだ』って追及しなくなる」

「えと、何の話してます？　よく意味が……」

先生は、悲しげに微笑んだ。

「冬樹くんの作文、読んだよ。辛いね」

近づいてくる。白い指先が、わたしの頰に触れる。

「やから、何の話ですか？」

「本気で求めてる子は、目を見ればわかる。そういう子には、教えてあげたいと思ってるんだ。あかずめの話。――人を殺せる呪いの話」

先生の瞳は、不気味なほど澄んでいた。

頰に触れている指先は、ぞっとするほど冷たい。

薄い桃色の唇が、妖しく動く。

「――子供が好きなの。怪談は嫌いだけど。昔は逆だった」

わたしはついに何も言えなくなる。先生の目は何だか、中学のときの修学旅行先で見た、仏像のそれに似ていた。人間を超越した、神様みたいな目。

冬樹がぜぇぜぇ言いながら帰ってきて、先生は「はい、気は済んだかな？」と元の先生に戻った。言葉を失うわたしの背中を押して、先生は手を振る。

運動場を横切りながら、冬樹は何度も何度も振り返って手を振った。如月先生はそのたびに、手を頭の上まで上げて、大きく手を振り返してくれた。わたしたちが校門を出るまで、先生は昇降口を動こうとしなかった。

6

週が明けて、月曜日。

その日も部活を終えて家に帰ると、また二人が玄関ポーチにいた。冬樹がすっかり怯えていて、誰かと一緒じゃないと家に入れなくなったらしい。わたしは拓也にお礼を言い、その手を握って帰ろうとすると、二階の窓が開く音がした。

ハッと息を呑む。次の瞬間、

「お前らが俺を★⋔?＊してき④@らこないに%Ⅶ●○！」

太い絶叫が、夜の町内に響き渡った。

「どいつもこいつも■?★￥！　世の中❼＋××！」

わたしは耳を塞いだ。それでもだいたいの内容はわかってしまう。あいつがパパだった頃の苦痛とか悲しみとか憎しみとか――とにかく心の奥に閉じ込めていたもの。

奇声は二分ほどで終わった。窓が閉まる音がして、ひとまずホッとする。

「……なぁ、今からうち来る？」

拓也が、少しためらいがちに言った。もう日はすっかり沈んでいる。

「二人やったら不安やろ。ポケモンのゲームもあるし」

えっ、と冬樹が声をあげて、行きたい行きたいとはしゃぎ始めた。

「でも……」

「今日は親も遅いねん。俺もさみしいし、晩飯一緒に食おうや」

お姉ちゃん行こう！　と冬樹が手を引く。こうなったら、言うことを聞かせるのは至難の業だ。しかたなく、わたしは四島家の敷居をまたいだ。

同じ建売住宅なので、間取りはうちと似たようなものだった。よく片付いていて、拓也の匂いがする。久しぶりに上がる幼馴染の家に、わたしはドキドキしていた。

「ほら、冬樹、これポケモン」

「やったー！」

ソフトとゲーム機を渡されて、冬樹は飛び上がった。そのままソファに座って、自分の家みたいにくつろぎ始める。

「どしたん？　彩夏も座ってええよ」

「あ、いや……あ、せや、拓也、如月先生って憶えてる？」

「如月？　ああ、小学校んときの？」

「そう、今、冬樹の担任やねん。な？」

冬樹はゲームの画面を見ながら「んー」と返す。

「懐かしいなぁ、ブサエダにコンパスの針で刺されとったよな、如月ちゃん」

「え、それって如月先生やっけ？」

「たしかそうやで。ちょっと待って、卒アルあったかな」

拓也が階段に行って、わたしもついていった。一階の冬樹に「いらんことしたあかんで」と言いつけて、階段を上る。

拓也の部屋に入るのは、小学校のとき以来だった。だけど全然変わってない。六畳ほどの、半分くらいがベッドで埋まった部屋。カラフルなサッカーボールが並んだ棚と、知らないサッカー選手のポスター。まだ小学生のときの学習机を使っていた。

拓也の匂いをより濃く感じる。汗と、鼻がスーッてする制汗剤の匂い。

窓の外には、わたしの家のカーテンを閉め切った窓が見えた。

「……サッカー楽しい？　プロなるん？」

「ははは、なれたらええなぁ。なれんでも、ずっとやってたいけど」

学習机の下に潜ると、すぐに卒アルを握った腕が出てきた。

「あったあった、見る？　ほら」

特別見たいわけでもなかったけど、ベッドに腰かけてページを開く。如月は四組やったでと言われて、ページを捲る。――いた。先週見た彼女より、ちょっとだけ若々しい。黒髪、薄い唇、高くも低くもない鼻。改めて見ると特徴がない。でも、悪い先生ではなかったと思う。少なくとも、教え子に刺されるような先生では。

「何で刺されたんやっけ？」

「知らん。結局何もわからずじまいやなかった？　学年集会になったけど、ブサエダが『交渉が決裂したので武力を行使した』以外しゃべらんくてさ。おもろかったよなー。あの名台詞、卒業まで男子ん中で大流行りやったで」

わたしはページを捲り、冴田くんを探す。いた。六年生の彼は、悲しいくらい高校生になった今と変わっていない。白い肌と腫れぼったい目。写真の中の彼は全然笑っていなくて、カメラを睨みつけている。

だんだんと思い出してきた。事件の後、冴田くんは一週間くらい学校を休んで、何事もなかったように登校してきたっけ。そう言えば、処分に強く反対したのは、刺された如月先生本人だったと聞いたことがある。

「如月ちゃん、マジいい先生やったよな。絶対怒らん、子供の味方って感じでさ」

いい先生。子供の味方。たしかに、わたしもそんな印象だった。先週の金曜、わけのわからない話を聞かされるまでは。

「……で、話変わんねんけどさ。……どうなん、おじさんは？」

「どうって？」

「これからよぉなるんかな？　施設に入れたりはできへんの？」

「施設」という生々しい単語に、心臓をきゅっと摑まれた気がした。

「たまーにそういうケアの人が来るけど……あいつ、全然しゃべろうとせんから」

そういうNPOとか地方自治体の人たちは、二、三回も来たらぱったりと来なくなってしまう。「何かあったらお力に」という、何の力にもならない言葉を残して。

「おばさんはどう考えてるんかな。何か考えがあるんやったらええけど」

わたしは、黙っていた。ママが何を考えているのかは、娘のわたしにもわからない。あいつをどうこうする気があるのだろうか。ひょっとしたら、罪滅ぼしに一生あの家で飼い続けるつもりなのだろうか。

だとしたら、飼われているのはどっちなんだろう。

「無理やり引き摺り出すとかは、あかんのかな？　荒療治も必要やろ？　あれやったら俺も手伝うし――」

わたしは、首を横に振った。もし、あいつの中身がパパのままなら、それもありかもしれない。だけど、これまでの異常行動やあの姿を見た後では、強行手段に出る勇気は湧かなかった。

そっか、と拓也が音もなく溜め息を吐く。彼がどうしてそんな話をし出したのかはわからないけど、わたしの胸の内は、確実に掻き乱されていた。

「……最近ね、どんどん怖くなるの。これからどうなるんやろうって。わたしだけやなくて、冬樹の将来とか、家族みんなの未来が」

「彩夏」

拓也は床から立ち上がると、ベッドの――わたしの横に座った。

ゴツゴツとした大きな手が、わたしの手を握った。

「大丈夫やって。おじさんもちょっと具合悪いだけや。すぐよぉなる」

そう言って、歯並びのいい歯を見せる。

「ほんとにそう思う？　もう見た目化け物やねん。部屋ん中でペットシートにトイレして、それ廊下に放り出してんねんで？　もう無理やろ、社会復帰とか」

「それは……」

「あんなん家族におったら、まともに思ってもらえへんよ」

語尾がぐじゅっと潰れた。

「そんなことないて。彩夏とおじさんは、別の人間やろ？」

拓也が背中をさすってくれる。ちょっとでも接点あるとか嫌やろ？――わたしは、たむちゃんの言葉を思い出した。彼女の身内にはいないんだろう。引き籠りも、感情がコントロールできないオタクも。

「……拓也は、ずっと近くにおってくれるよね？」

「彩夏……俺な、お前に言わなあかんことあんねん」

向こうの窓に、照明に照らされたわたしたちの姿が映っている。拓也は、いつの間にか肩が触れそうなほどそばにいた。心臓がどくんと鳴る。

「実は」

そのとき、わたしは見た。

窓の外に、あいつが立っているのを。

いや、違う。わたしの家の窓——あいつの部屋の窓とカーテンがいつの間にか開いていて、その中に立っているあいつが見えているんだ。窓ガラスにヒトデのような両手を張り付けて、食い入るようにわたしたちを覗いている。

その目は真っ赤に充血していた。顔はできものだらけで、ゴジラみたいにゴツゴツしていた。口許には食べカスがたくさんくっついていて、歯は食い縛っている。

そこにあるのは——はっきりとした、憎悪の表情だった。

わたしが悲鳴をあげて、気づいた拓也がシャッと自分の部屋のカーテンを閉めた。

あいつの姿が見えなくなってからも、しばらくわたしの心臓が落ち着かなかった。

わたしと冬樹は四島家を出て、自宅に戻った。家と家の隙間にある、あいつの部屋の窓を恐る恐る確認する。

まだ見ていた。

あいつは、カーテンが閉じた拓也の部屋を、鬼のような形相で睨みつけ続けていた。

慌てて玄関の扉を閉じて、思う。――あれはもう、ダメだ。

何かにとり憑かれているとしか思えない。

7

ママはお風呂に入っていた。冬樹はソファで漫画を読んでいる。

点けっぱなしのテレビはニュースを流していた。――政府は新型ウイルスの発生を宣言、対策本部を設置……。リモコンで電源を落とすと、家の電話の受話器を取る。かけた先は、冬樹の小学校だ。

数回のコール音がして、出た。――如月先生だった。

「教えてくれるんですか。その……あかづめの話」

いいよ、と彼女は言った。明日の夜七時に、小学校においで、とも。

翌日の十八時四十分。わたしは、ママに「友達の相談に乗ってくる」と言って家を出た。そう言えば、ママは外出を許してくれるからだ。

小学校の校門では、前と同じ恰好の先生が待っていた。通用門を開けてくれる。案内された先は、六年生の教室だった。懐かしさを感じる余裕はなかった。異様な雰囲気に、わたしは圧倒されていた。

先生が教壇に立つ。わたしは、教室の真ん中あたりの席に座った。机と椅子は小さくて窮屈だった。窓の外は真っ暗だ。秘密の授業ですね。あえて茶化すように言うと、

「そうやね。呪いの授業をしてあげる」

と、先生はくすくす笑った。

「……ほんまなんですか？　人を殺せる呪いって」

「うん。私も何人も殺してる。この呪いについて知った、中学のときからね」

「何人も、ですか？」

「うん。何人も」

わたしは、開いた口が塞がらなかった。顔が青ざめていくのがわかる。まだ信じられなかった。全部、先生の妄想だという可能性もある。でも、先生の目は正気を失っていない。それどころか、達観しているように思える。

本当だとしたら、この人は大量殺人犯だ。

わたしは、殺人鬼と今、夜の学校に二人きりなんだ。

そう考えると、まるで悪夢の中にいるような心地だった。

するると、廊下の方で足音がした。鼓動が早まる。

教室の引き戸を開けて入ってきたのは——冴田くんだった。

驚きのあまり、わたしは声も出なかった。冴田くんの方も、予想外だったらしい。

先生に促されて、彼はわたしの隣に座った。

「久しぶりやね、冴田くん。来てくれてありがとう」

「……っす」

「今夜あかずめのことを教えるのは、二人だよ」

「ちょ、ちょっと待ってください」

わたしは、堪え切れずに立ち上がった。

「冴田くんって、先生のことコンパスで刺しましたよね？」

「うん」

「そ……そんな人に教えるんですか？」

「そのとき刺されたのも、あかずめの話が原因だったんだよ。冴田くんは当時、呪いについて研究しててね。私はついお節介で、そういうことはよした方がええよって言っちゃったの。あかずめの呪いについてもタイトルだけしゃべっちゃって。具体例を交えて説得するつもりやってんけど……」

失敗やったなぁ、と先生は笑う。冴田くんは無表情だ。

「さ、じゃあ、二人が来たから呪いについて説明するね。……今から、あかずめについて黒板に書きます。これを見たら、もう戻れない。二人とも死んじゃうかもしれない。それでもいい？」

「え、わたしたちも呪われるんですか？」

「うん。呪いの力を手に入れるためには、まず呪われないといけない。怖かったら、帰ってもらってもええよ。誰も責めない。後で、先生と別の解決策を考えよう」

先生はにっこりと笑う。

わたしは、冴田くんの方を見た。彼に動く気配はない。

「彩夏ちゃん、これは自分のことやよ。あなた自身で考えんと。もう一度言うよ。これを見たら、もう二度と戻れない。この呪いは一生ものやから。それでもええ？」

先生がわたしを見る。わたしは、蛇に睨まれた蛙みたいに動けなくなる。

手が震えた。足も震えていた。夜の学校という非日常的な雰囲気もあって、何だか頭がふわふわする。だけど、奥の奥では答えは決まっていた。

わたしは、先生を見つめ返した。先生の表情は変わらない。だけど、

「じゃあ、書くね」

黒板へ振り返る一瞬、彼女が悲しげに目を伏せたのを、わたしは見逃さなかった。

閉じ込めて殺す

あかずめは人を

「……これだけ？」

冴田くんが言った。わたしも同じ感想だった。

「これで二人とも、条件さえ揃えばあかずめに遭うようになりました」

先生はまるで、授業のときみたいな口調になった。

あかずめ……あかづめ？　わたしはようやく、「赤い爪」のあかづめが先生の創作で、本物だというのが「閉じ込める」あかずめだと理解する。

「何ですか、条件って」

苛立ったように冴田くんが言う。右足で貧乏揺すりをしていた。

「ここからは、私の経験を基に話すね。あかずめに呪われる条件は、恐らく二つある」

そう言うと、先生はまた黒板に書いた。

①あかずめの話を知ること
②密室にいること

「①は、二人はたった今満たしたね。で、②やけど、密室と書いたけど、ミステリー小説みたいな厳密な密室じゃなくてもいいみたい。たとえばこの教室でも、窓と扉が閉じられていれば、鍵がかかってなくても条件は満たすと思う」

「ちょ、ちょっと待ってください」

わたしは、授業のときみたいに手を挙げた。

「じゃあ、わたしはもう①は満たしたから、②を満たしたらあかずめに遭っちゃうってことですか？　てことは、これから一生密室を避けないとあかん？　トイレとか、お風呂とか」

「落ち着いて彩夏ちゃん」

先生は、にこやかに言った。

「二人があかずめに殺されないよう、対策はするから。とりあえず、二人共、教室を出てくれる？」

言われるがまま、わたしたちは教室を出た。先生は静かに教室の扉を閉めてから、

「これから二人には、あかずめに遭ってもらいます」

と言った。

「そのために、この教室を出たり入ったりしてもらいます」

「……ごめんなさい、全然、意味が」

順を追って説明するね、と先生は下唇を舐めた。

「まず、二人にあかずめに遭ってもらうのは——呪いを克服するには、あかずめに呪われてもらわないといけないからです」

「でも、呪われたら死ぬんでしょ」

冴田くんが、低い声を出した。

「うん、閉じ込められて殺される。正確には、窒息死させられる」

え……そうなん？　わたしは、肌が粟立つのを感じた。「窒息死」という具体的な死因が、より恐怖を鮮明にする。

「でも、そうなる前に二人を私が助けます。あかずめの呪いの解き方は知ってるから」

え、それってどんな――と訊こうとして、冴田くんに制されてしまう。

「この場で助かったとしても、僕が条件①を満たしてるんは変わりないねんから、いずれはどっかであかずめに殺されてしまうんやないんですか？」

さすが、こういうことには頭が回るらしい。

けど、先生はこの質問も想定していたようで、

「大丈夫、あかずめの呪いは一生に一度だけやから。一度逃れられれば、二度とあかずめに閉じ込められて殺されることはない」

「そんなことどうやって……」

確かめたのか、と言いかけて、わたしは察した。これは、先生の経験を基にした話なんだ。先生は昔、あかずめに閉じ込められて殺されかけて、何とか呪いを解き、呪いを克服したんだ。

「でも、呪いを解くなんてどうやって……」

そして、先生はわたしたちに、「あかずめの呪いの解き方」も教えてくれた。

「……そんな簡単なことでいいんですか？」

「まぁ、タイミングもあるから、人によっては難しい方法かもね」

そう言って、にこりと笑う。それから、わたしたちの背中をポンと叩いた。

「さぁ、じゃあ、八時までには呪われようか」

そこからは、単調な作業だった。

まず、①教室の扉を開ける。②わたしと冴田くんの二人で入る。③扉を閉める。④十秒数えてから扉を開けて出て、⑤何事もなければまた同じことを繰り返す。

あかずめに遭遇すれば、④が不可能になるという。つまり、教室に閉じ込められる。一分経っても出てこなければあかずめが出たと見做して、先生が呪いを解いてくれる──そういう手筈だった。

繰り返し教室に入らなければならない理由は──あかずめと遭遇するかどうかは、完全にランダムだからだ。

わたしは、黙々と作業に徹しながら、あかずめのことをここまで調べ上げた先生に感心していた。同時に、戦慄する。あかずめとの遭遇はランダム──このことを調べるためには、相当数の人間に呪いをばら蒔かなければならないんじゃないか。そう考えると、「何人も殺してる」という言葉の信憑性が増してくる。

もしかしたら、わたしたちにあかずめの呪いについて教えたのも、何かを調べるための実験材料にするつもりなんじゃないか――

「あんたさ、何であかずめの力が欲しいの？」

十五回目の入室で、冴田くんが言った。

「え？」

「あんたみたいなクラスで一軍の女子でも、人を殺したいって思うんだね」

そんな風に思われていたのか。というか、一軍も二軍も誰も決めてへんと思うけど。

「いいやクラスのみんなで決めたんだ。あんたは一軍、俺は最底辺だって」

決めてへんよ。勝手に一人でそう思ってるだけやろ？

「悪質だよな。そういう空気作っといて批判されそうになったらいやそんな空気ないです、みんな仲良しです、あっちの被害妄想ですって逃げるんだ。あんたみたいなのが卒業間際に慌てて卒アル用のクラス写真撮り始めるんだよね。うちのクラスは仲良しでした、いじめなんてありませんでしたって、アリバイ作りのためにさ」

別に写りたくないなら写らなかったらええやん。

「でもそうしたらあんたらは批判するだろ。空気読めとかぶち壊すなとか協調性ないとかさ。うんざりなんだよねあんたらみたいな人間の自己満足に利用されるの」

何なのこいつ――わたしは口を閉ざした。噛み合わない。というか話してても楽しくない。

黙り込むと、向こうは「はい勝ち」とか「何も言えなくなっちゃったね」とかぶつぶつ言っていたけど、それすら無視していたら静かになった。

試行は五十回を超えた。八時十五分前。

まだあかずめは出てこない。出てくる気配もない。

単調な作業に加えて部活の疲れもあって、頭がぼーっとし始めていた。

わたしはまだ、先生の「何人も殺してる」という発言が気になっていた。冬樹にもあんなに優しい人が？　たむちゃんも「優しくてええ先生」と言っていた。拓也は「子供の味方」だと。そんな人が、呪いでたくさん人を殺してきた？　信じられない。

もしかしたら、あかずめの呪いなんてなくて、先生の思い込みではないだろうか。この人はおかしくなっていて、わたしたちは騙されているのではないか――

廊下から教室の扉を開ける。冴田くんが入ったのを確認してから、扉を閉じる。小さく十秒ほど数えて、振り返る。扉の引手に手をかける。

ぐっと引こうとして――開かなかった。

「……あれ？」

もう一度試す。だけど開かない。「鍵がかかった」とか、「向こう側から誰かが押さえている」という感触ではない。「そもそもこの場所は扉ではない」とでも言いたげな、無慈悲な感触だった。びくともしないとはこのことだろう。

「あ、開かへんよ、これ」

振り返ると同時に、冴田くんがわたしの身体を押しのけた。扉を開けようとして、でも開かない。やっぱり気のせいではない。

「……あかずめや。あかずめが出たんや」

彼は、興奮を抑え切れない様子だった。

「ほんまやったんや！　あかずめの呪いは！　やった、やった！」

「ちょっと、落ち着いて。まずは呪いを解いてもらわないと――」

鼻が強烈な異臭を嗅ぎ取ったのは、そのときだった。

胃の奥を刺激するような、酸味のきいた腐臭。しゃべるどころか、息を吸うことすらためらってしまうほどだ。でも、急にどこから？　後ろを向いて、わたしは目を見開いた。――教室の後ろ。掃除用具が入ったロッカーの前。

そこに、黒い祠のようなものが置かれていた。

突然降って湧いたかのように、黒い祠はいきなりそこに現れた。まるで風景そのものに開いた黒い穴のような異物感に、鳥肌が止まらなくなる。

感覚でわかった。あれは、この世のものではない。

あれが――あかずめだ。

「何やぁ、あれぇ……」

隣で冴田くんが嬉しそうな声を出す。

途端に、息が辛くなった。喉に石が詰まっているような感覚に陥る。息苦しさはだんだんと増していき、手近にあった机に手を突く。いや、気づけば床に膝も突いていた。木の板がすぐ目の前に迫ってきている。

これが、あかずめの呪いなのか。

こうやって閉じ込めた上で、窒息死させるのか。

恐ろしさのあまり、わたしは声にならない悲鳴をあげた。何とか力を振りしぼって立ち上がると、扉に縋りつく。一分……まだ経たないのだろうか。扉を手で叩いて、外の先生に異常を知らせようとする。

なのに、叩いているはずの手は――扉の表面を引っ掻いていた。

爪を立てて、がりがりと木の扉を掻き毟っていた。身体が勝手に動いている。だけど、感覚はそのままだった。引っ掻くたびに爪がメキメキと肉から剝がれて、耳障りな音と共に激痛が走る。

やめたいのにやめられない。何かがわたしの身体にとり憑いている。

助けて！　わたしは、叫んだつもりだった。

でも、胸を圧し潰すような窒息感でろくに声にならない。

一分はとうに経っているはずだった。それでも扉は開かない。どうして。やっぱり騙されていたのか。あの女は最初から、わたしも冴田くんも殺すつもりで——

ぱきっと音が鳴った。わたしの指先は、いつしか血まみれになっていた。

……許さない。あいつらは絶対に、許さない。

「あか、ず、けだけ、は、絶対に……」

口が勝手に動いた。

戸惑う暇もなく、今度は頭の中である映像が流れ始めた。それは古い映画のようなモノクロの、ところどころ擦り切れた映像だった。

襤褸切れをまとったたくさんの人々が広場に集まっている。彼らはみんな手を合わせていた。わたしだ。わたしに向かって祈りを捧げているんだ。

視界が切り替わる。茣蓙の上に、木でできた祠が置かれている。

人間一人が入れそうな大きさ。さっき教室の隅で見たものは、これが何年も経って汚れたものだったのだと気づく。

すると——男の人の野太い声がした。

「さぁ、入れ。お前が自分の意思で入るのだ」

映像が細かく震えている。――違う。これは誰かの視界だ。

はるか昔の記憶を、どういうわけかわたしが共有しているんだ。

その推理が正しいことを証明するように、誰かの感情が堰を切ったように流れ込んできた。どす黒い感情――色分けするなら、怒りと悲しみ、そして憎しみ。

だけど、一番大きいのは、恐怖だった。

「ええい、さっさと入らんか！」

何人もの大人が、〈わたし〉を祠の前に力ずくで連れて行く。祠の戸に伸ばした〈わたし〉の手が震えている。視界が左右に激しく揺れた。助けてください、ごめんなさい――〈わたし〉は泣いて懇願する。

すると、頬で衝撃が弾けて、口の中が「ガコッ」と鳴った。生温かいものが口の中にあふれる。大人たちが〈わたし〉を囲んで、蹴ったり踏みつけたりする。

無理やり立たされた〈わたし〉は、再度、祠に向き合う。

「早く入れ。それとも、お前の家族がどうなってもいいのか？」

喉がきゅっと鳴った。〈わたし〉は噎び泣きながら戸を開ける。狭い祠の中に、自分の身体を胎児のように丸めて詰め込む。戸の外では、着物姿の大人たちが無表情で〈わたし〉を見ている。腕を伸ばして戸を閉めると、すぐに錠が下りる音がした。

祠の中は信じられないほど窮屈で真っ暗だった。恐怖が爆発する。〈わたし〉は

「だして」「やめて」と叫ぶ。戸を内側から必死で叩くけど姿勢のせいで力が入らない。どのみち鍵があるから開かない。出たところで彼らからは逃げられない。わかっているけど、叫ばずにはいられなかった。

内臓が持ち上がる感覚。祠が運ばれている。大声で訴える声は、祠の中で木霊する。こんなことしたって意味がない。これまで生贄を捧げても、作物は育たなかった。雨は降らなかった。みんな本心ではそう思っている。言えないだけだ。

あいつらが怖くて、いもしない神様を信じているふりをしているだけだ。

祠が、戸を上にした状態で地面に置かれる。周りが静かだ。もしや助かるのではと淡い希望を抱いたとき、ぱらぱらと細かいものが降りかかる音がした。

埋められている。

〈わたし〉は絶叫した。これまでの叫びが小声に思えるくらい、喉も裂けよと喚き散らした。もう自分でも何を言っているのかわからなかった。〈わたし〉は獣になった。助かりたい一心だった。ただ生きたいだけの、命そのものだった。

また外でぱらぱらと鳴った。徐々に息が苦しくなってくる。

真っ暗な視界の中、〈わたし〉は目の前にある戸をがりがりと引っ掻き始めた。指先に痛みが走る。爪が割れる。剝がれる。皮膚が剝ける。

それでも、塗り潰したような闇に向かって、一心不乱に爪を立て続ける。

どれくらいそうしていたのかわからない。

呼吸が短く、早くなっていく。

土が降る音は、いつの間にかしなくなっていた。

感じたこともない静寂に包まれている。はっはっはっはっ……と、自分の荒い呼吸音だけが、狭い祠の中に響いている。

一筋の光もない闇の中。〈わたし〉の心音が少しずつ弱まっていくのがわかる。

嫌だ。死にたくない……死にたくない。こんなところで。

はぁ……はぁ……と息が細くなっていく。

もっと生きたかった。きれいなものが見たかった。おいしいものが食べたかった。

お父さんと遊びたかった。お母さんに甘えたかった。

弟とも、もっと遊んでやりたかった。

トクトクと、心臓の音が小さくなっていく。

やがて、さめざめと泣く声は、暗闇の底で途絶えた。

8

気がつけばわたしは、廊下で如月先生に抱きかかえられていた。

て。

「きみはあかずめに呪われて——脱出した。もう、あかずめの呪いはきみのものだよ」

ずきずきと痛みがして手を見ると、両手の指先がぼろぼろになっていた。爪が割れたり、剝がれたりしている。……そうだ、わたしは、あかずめに教室に閉じ込められて。

笑顔で言った。——成功。何だっけ。わたしは何をしてたんだっけ。

「彩夏ちゃん。成功だよ」

「先生……」


首を動かすと、廊下の壁に冴田くんがもたれていた。

彼はもう、わたしなんて見ていなかった。頰は紅潮して、目は虚ろだった。ぶつぶつと呟いているのは、誰かの名前らしかった。

それからわたしたちは連れ立って昇降口まで移動して、別れた。

最後に先生は、

「呪いは用法容量を守ってね」

と、よくわからない冗談を言った。冴田くんは礼も言わず、一人で運動場を突っ切っていった。わたしはまだ頭がふわふわしていた。

帰ろうとすると、先生に肩を摑まれた。

先生はわたしを保健室に連れて行くと、指先の手当てをしてくれた。痺れるような痛みが、今が悪夢の中ではないと教えてくれる。

「先生はどうして……冴田くんに呪いを教えたんですか？」

ずっと抱いていた疑問を、わたしはぶつけた。

「何で？」

「やって、あ——危うくないですか、あの人。きっと、呪いも悪用しますよ」

「……彩夏ちゃんのは、悪用じゃないん？」

問われて、わたしは言い返せなかった。わたしは、この呪いで実の父親を殺すつもりなんだ。でも、それは家族の未来を守るためだ。

そのために、パパを——

じわぁっと視界が歪んだ。どうして涙が出そうになるのかわからなかった。

「使うつもりはないって言ってたよ。冴田くん」

「……え？」

「お守り代わりやって。いつでも殺せるっていうのが、安心できるって」

本当だろうか。信用ならない。

「まぁ、わかるよ。小学生のときに教えなかった理由も、幼かったから以上にあの子が危うかったから。呪いを無差別に拡散されたら困るからね。分別がつくようになって、そのときまだどうしても知りたかったら教えてあげるって言うたの。次の瞬間には、隠しとったコンパスで思いっ切り刺されたけど」

ほら、と左手を見せてくる。親指の付け根あたりに、ピアスよりも二回りくらい大きな穴の痕があった。その上で、銀色の細い指輪が光っている。

「……先生の家族は、このことを知ってるんですか？」

「……ううん。教えてないから。はい、逆の手」

出し過ぎた消毒液が、指先から手の甲を伝って、手首まで流れた。先生は慌ててポケットからハンカチを取り出す。その拍子に、一枚の写真がはらりと床に落ちる。

五歳くらいの女の子が、カメラにピースしている写真だった。

わたしはそれを拾った。

「子ど——お子さんの写真ですか？」

「うん。真緒っていうの。今はもう十六歳。めちゃくちゃ可愛い」

古い写真に写っているのは、まだ赤ちゃんみたいな笑顔だ。腕をぴんと前に伸ばした、上手なピース。思わず笑顔になってしまう。

「……この子が生まれてからは、呪いは使ってないなぁ」

「そうなんですか？」

「うん。ほんとに使ってない。——使えなくなるよ」

ありがと、と言って先生は写真を受け取る。それを大事そうにポケットにしまう仕草を見て、わたしは、この人は本当はあかずめの呪いを教えたくなかったんだろうな、と思った。それでも教えたことに、その矛盾に、先生の本質があるような気がした。

この人はただ、困っている子供を助けたいだけなんじゃないだろうか。

会話らしい会話は、それで最後だった。わたしたちはまた昇降口に行って、そこで今度こそ別れた。わたしはまだ実感がなかった。頭はふわふわで、指はずきずきした。息を吸う。生温(なまぬる)い空気が肺の中を満たしていく。

あの記憶は、あかずめのものだったんだろうか。

彼女、あるいは彼の身に何があったのか、何となくわかった。どうして人を閉じ込めるのか、窒息させるのか。

そして、先生が教えてくれた、呪いを解く方法。

それを思い出し、また一つあかずめの想いに触れた気がして、わたしはまた泣いた。


家に帰っても、わたしはあいつにあかずめの話は聞かせなかった。

殺そうと思えば、いつでも殺せる。そういう余裕が生まれたのもあったからかもしれない。とにかく、その日は呪いを使う気になれなかった。

寝る前、あいつの部屋の前を通ると、かさっと足に紙が当たった。丸まった紙が転がっていて、開いてみると、あいつからママあての小説の購入リストだった。

パパも読書家やったな——と思い出す。はっとして、紙を放り捨てる。
あいつはパパじゃない。パパなはずがない。

あの日以来、拓也は、あいつの視線に悩まされているらしい。

「ずっと見てくんねん。勉強してるときも、寝てるときも、ずっと」

四月末日の放課後。たまたま部活帰りに一緒になったバスの中で、拓也は苛立たしげに言った。目の下には濃い隈があって、声にはいつもの張りがない。

「ずっとって……さすがに気のせいやないん？」

わたしが言うと、拓也はぎろりと睨んだ。

「……最初は、勉強しとったら視線感じて、横向いたらおった。めっちゃびっくりしたけど刺激したあかん思て、窓開けて体調とか訊いたけど、何も答えてくれんくて」

「集中したいんで閉めますって言ってカーテン閉めたんや。そんで、二時間くらい経って、もうおらへんやろと思ってカーテン開けたら——まだ睨んでた」

「それからずっと閉めててんけど、あるとき、ちょっとだけ下から覗いたら、まだ睨んでて。カーテン閉めてんのに。あいつ、ずっと俺のこと見てる。ずっと」

拓也はかたかたと震え始めた。わたしはどうしていいかわからず、背中をさすってあげるしかなかった。

バスを降りて家の前で別れたとき、「おじさん、外には出てへんよな」と訊かれた。出てへんはず、と答えると、じゃあ気のせいやな、と苦笑する。

「最近は外におっても感じるときあんねん、視線」

事件が起きたのは、五月の初旬――ゴールデンウィークの最終日だった。

わたしは自分の部屋で勉強をしていた。すると、怒声と共にどたどたと階段を上ってくる音がした。何事かと思って部屋を出ると、ちょうど拓也が二階に上がってきたところだった。

その手には、ゴルフクラブが握られていた。

「ええ加減にせぇや、このジジイ！」

拓也はそうがなると、ゴルフクラブを斜めに振り上げた。そして、その先端を思い切りあいつの部屋のドアに叩きつけた。心臓が縮み上がるような音がした。

ドアの表面の木が少し剝がれて、廊下に散らばる。

「下手に出てたら、つけ上がりやがって……！」

拓也はもう一度クラブを持ち上げる。ひゅっと風を切って、激しい音が鳴った。

「拓ちゃんやめて！　言うとくから、言うとくから！」

階段の途中で、ママが叫んだ。けど、拓也は一顧だにしない。

「こいつは、俺が引き摺り出したる」

また風を切る音がして、クラブがドアにめり込んだ。わたしは肩を縮こまらせた姿勢で、その光景を見ていることしかできなかった。一階から冬樹の泣き声がする。ママが叫んでいる。行かなきゃ、止めなきゃと思うのに、足がすくんで動かない。初恋の人の今まで見たこともない豹変ぶりに、頭が真っ白になってしまっていた。

さらにクラブを振り上げようとした拓也だが、

「あ？　何だよ！」

そう吼えると、ドアに近づいた。どうやら、あいつが何か話しかけているらしい。わたしのところまで声は届かない。

「何やねん！　聞こえへんって――」

次の瞬間、拓也が天を仰いで悲鳴をあげた。

何が起きたのかわからなかった。拓也がその場に崩れ落ちる。尾を引くような苦悶の叫びが耳を劈く。そして気づいた。――彼の足の甲に、ナイフが突き刺さっていることに。

ナイフの柄を握る腕は、キャットドアの中から伸びていた。

フローリングの床に血溜まりができていく。

わたしはその場にへたり込む。

呻(うめ)き声に紛れて、キャットドアがぱたんと閉じる音がした。

すぐにママが救急車を呼んで、拓也は近くの市民病院に運ばれた。

ナイフは足の甲を貫通していたらしい。しばらく通院が必要な上、後遺症が残るかもしれない、と言われた。わたしは、何を言われているのかわからなかった。もし後遺症が残ったらサッカーを続けることはできるのか。それを確認する勇気はなかった。

とんでもないことをしてくれたと思う反面、これであいつはもう家にはいられない
――そう思ったのに、そうはならなかった。

拓也ママが被害届を出さず、条件のない示談を求めたのだ。ママはこれを呑(の)んだ。

かくして、娘の幼馴染(おさななじみ)を刺したというのに、あいつには何のお咎(とが)めもなかった。

もしかしたら、拓也ママは、この家からあいつを出さない方が、わたしたらが苦しむと思ったのかもしれない。だから、何の条件もなしに。

……いや、条件は一つあった。

今後――水森家は、四島家と一切関わらないこと。

事件から約一週間後、拓也たちは今の家から引っ越していった。

元々決まっていたことだったらしい。拓也はあのとき、わたしにこのことを伝えようとしたのだ。理由はもちろん、拓也ママの我慢の限界。一か月ほど前から、あいつ

の奇行のせいでノイローゼ気味になっていたという。

別れは言えなかった。朝起きたら、拓也たちはいなくなっていた。

わたしは、空っぽになった隣家を眺めながら、はっきりと思った。

いなくなるべきは、あいつだ、と。

できるだけ早く殺さなくてはと思った。絶対に。何があっても。

あいつは、わたしの人生の邪魔になる。未来を滅茶苦茶にする。

取り返しがつかなくなる前に、この世から消さなくてはならない。


だからわたしは、あかずめの話を、あいつに聞かせた。

9

朝起きても、あいつは死んでなかった。

キャットドアから覗いたら、机に向かっている、山のような背中があった。

動いている。生きている。

あかずめの話は確実に聞かせたはずだ。密室という条件も満たしている。あとは時間さえ経てば、あかずめがあいつを窒息死させてくれるはずだ。

わたしは普通に学校に行って、普通に過ごした。授業を受けて、友達とふざけて、お弁当を食べて、放課後には部活をした。

部活が終わってクールダウンの時間。体育館の裏に行って、自販機でアクエリを買った。まだ夕焼けの赤が残る夜空の下、振り返ると、卓球部のユニフォームを着た冴田くんが、にやにやと笑っていた。

「田村由美を殺すから」

「……は？　は？」

わたしは、ペットボトルを放り出して彼に詰め寄った。胸ぐらを摑んで、体育館の外壁に押し付ける。わたしと同じくらいの目線の高さで、一重の目が人を小バカにするようにうねっていた。

「……何で？　たむちゃんは関係なくない？」

「ずっと誰を殺そうか迷ってた」

どこか恍惚とした口調で言う。

「あいつはずっと嫌いやった。小学生の頃から。あいつも僕のことがずっと嫌いやったやろ？　悪口聞こえてるで。気づいてへんと思った？」

「の……呪いは使わへんって、先生に言うたんやなかったん」

「そんなん嘘に決まってる。ああ言わな、あいつは教えてくれんかったからな。ほんまの理由は、気に入らん奴全員殺したいからや」

わたしは、言葉を失った。ここまで邪悪な人間が実在するのか。実は言わされているんじゃないか、ドッキリなんじゃないか——そんな風に思うけど、それはわたしの願望でしかないことに気づく。

「……まさか、もう、あの子に」

「いや、まだや。先に水森さんに教えとこ思て」

ほくそ笑みながら言う。どうしてわたしに——そう考えて、こいつはわたしのことも敵視していたことを思い出す。単純な話だ。嫌がらせだ。

わたしにできることがないと知って、苦しめるために言っているんだ。

あかずめは人を閉じ込めて殺す——たった十六字を伝えられただけで、たむちゃんはいずれ呪い殺されてしまうのだ。学校にいる間は、こいつがたむちゃんに近づかないよう見張るくらいはできるかもしれない。けど、ずっと守るなんて無理だ。極端な話、遠くから叫ばれたら終わりなんだ。そう考えると、あかずめの呪いは強力で、性質が悪い。

そして、こいつを殺すことはできない。こいつはすでにあかずめに呪われて、その呪いを先生によって解かれている。あかずめの呪いは、生涯で一度しか効かない。

「……これまでのことは、わたしからも謝るから、許したってよ。あの子にも謝らせる」

「あかん」

「お願いやから、このとおり」

わたしは、頭を下げた。

「あかん」

「このクソ野郎！」

怒鳴りつけると、わたしは走って体育館の中に入った。山代先輩と話していたたむちゃんの手を引いて、体育館を出ていく。

「ちょ、ちょ、ちょ彩夏？」

女子更衣室に荷物だけ取りに行くと、わたしたちは学校を出た。駅に着くと、今日はとにかく真っ直ぐ帰るよう言う。たむちゃんは何が何だかわからないという表情だった。

「これから冴田が何を言ってきても、聞かないで」

「は？　別に聞かへんけど、あんな奴の話」

違う、そういうことじゃない。わたしは、地団駄を踏みたい気持ちだった。いくら無視しても、あかずめの話が耳に入った時点でアウトなんだ。

絆創膏（ばんそうこう）だらけの指を噛（か）みながら考えて――そうか、冴田よりも先に、たむちゃんにあかずめのことを教えればいいんだと思いつく。そして、先生がわたしたちにしたみたいに、あかずめに殺される前に呪いを解いてあげればいい。

だけど、そううまくはいかなかった。たむちゃんは逆にわたしに「帰ってゆっくり休んだ方がええよ」と言い残して、そそくさと帰ってしまったのだ。

虚無感を抱きながら、わたしはバスに乗った。灯(あか)りの点(つ)いていない旧四島邸を横目に自宅へ帰る。隣の部屋からは、まだ物音がしていた。まだあかずめの呪いは発動していないらしい。

怖くて寝苦しい夜が明けて、翌日。

登校したわたしは——冴田が昨夜、男子更衣室で窒息死したと聞かされた。

発見したのは、同じ卓球部の男子だった。

副部長によると、昨夜もみんなで「ふざけ合って」いたらしい。それで、男子更衣室のロッカーに冴田が自ら入り、みんなで周りから殴ったり蹴(け)ったりするいつもの「遊び」をしていたという。その「遊び」はいつも十分ほど行われ、みんなの許可が下りると冴田がロッカーから出てくるのだけど、なかなか出てこない。不審に思った副部長がロッカーを開けると、この世のものとは思えない形相で硬直した冴田が転がり出てきたという。

冴田の遺体の爪は全て剝がれていて、ロッカー扉の内側には執拗に引っ掻いた痕が残っていたけれど、引っ掻く音を聞いた者は誰一人いなかった。

「きっとさぁ、殺してもうてんで、あいつら。いじめやり過ぎて」

たむちゃんが、どこか嬉しそうに言った。

「卓球部の連中なんて、みんないじめられとぉ奴ばっかやのにな」

「られっ子の中にもさらにられっ子がおったとか、悲しすぎやろ」

クラスメイトたちが口々に言う。わたしは黙っていた。

人間なんて、本当にどうしようもないなと思った。何だか、自分がひどく下らない営みの中にいるような気がした。

そして、あいつを呪いで殺してしまえば、わたしはその営みの中心にいることになるんだ。

ロッカー。窒息死。思い当たる原因は一つしかない。でも、冴田はわたしと同じく、呪われ済みだった。だから、あかずめに閉じ込められることはないはずだ。

なのに、何で。

その日は、授業中も上の空だった。

帰りのホームルームで、担任は神妙な顔つきをしていた。例の新型ウィルスについて、兵庫県神戸市内の高校生で、海外渡航歴のない感染者が出たという。なお、この地区は休校にはならないと発表されると、教室のあちこちから落胆の声があがった。

　みんなも十分気を付けるようにと言って、担任は教室を出ていく。冴田の死については、何も言わなかった。

　部活は休みになって、わたしは久々に早く家に帰った。

　部屋に入る前に、あいつの生死を確認する。耳を澄ませると、いびきが聞こえた。

　先生から電話があったのは、午後六時過ぎ頃だった。


『どうして冴田くんが死んだのかは、私にもわからない』

「わからないって……」

　無責任な、という言葉をわたしは呑み込んだ。

『言うたでしょ？　私もあくまで経験を基にしてるから、あかずめの呪いに関しては、まだわからへんことが多いの』

「……じゃあ、もしかしたら、わたしも」

『それはないと思う。あのとき、彩夏ちゃんはほんまに死にかけてた。彩夏ちゃんが呪われたんはたしかやと思う』

「でも……冴田くんやって、教室から出られませんでした」

『いや……もしかしたら、あのとき冴田くんは、ほんまは呪われてなかったんちゃうかな』

「どういうことですか？」

『そのままやよ。教室から出られへんかったんは、彩夏ちゃんに巻き込まれただけで、厳密には呪いの条件を満たしてなかった。それで、あの子に対する呪いは、ロッカーに入ったときに発動した……』

「でも、おかしいです。あのとき、わたしたちはまったく同じことしたのに、何でわたしだけが……」

　先生は何も言わなかった。わたしは改めて、あかずめの呪いに対して空恐ろしいものを感じていた。こんなわけのわからないものを利用しようというのが、そもそもの間違いだったんじゃないか？　生きている人間にはとうてい手に負えないものに、わたしは手を出してしまったのではないか……。

　わたしは、周りを窺った。ママはキッチンで夕食を作っている。冬樹はソファでうとうとしていた。声のトーンを落として、できるだけ不穏な単語は使わないようにする。

「あの……わたし、聞かせたんです」

『……お父さんに？』

「はい。でも、まだなんです。条件は満たしてるはずなんですけど」

『密室には入ってるの？』

「はい。ずっと同じ部屋にいます」

先生は、また沈黙した。そして、

『ごめんね。――彩夏ちゃんのお父さんって、ひょっとして、引き籠り？』

わたしは、下唇をぐっと噛んだ。

「……そうです。冬樹の作文に、そう書いてませんでしたか？」

『いや、冬樹くんはずっと家にいるってことと、全然遊んでくれないことしか。……そっか、引き籠りか……それやと、呪いは効かへんかもね』

「え、どういうことですかっ？」

『これも経験則やけどね。……あかずめの呪いの条件には、順序があるの』

順序？

『①あかずめの話を知ること、②密室に入ることって書いたよね。この順番は、動かしちゃダメなんだと思う。つまり、あかずめの話を聞いてから密室に入るという手順がいるの』

「それって……」

受話器を握る手に、力がこもった。

『そう、お父さんの場合、今は条件①だけが満たされた状態で、そこから部屋を出て、またその部屋に入るか、別の密室に入らせてあかずめに出遭わせる必要が――』

先生が言い終える前に、受話器を置いていた。

ふらふらと焦げ茶色の階段を上る。

上り切った先には、堅く閉ざされたドアがある。

電気の点いていない暗い廊下。わたしは、ドアの前に座り込んだ。

頭の中で、さっき聞いた先生の言葉を繰り返す。要するに――こいつが部屋に引き籠っている間は、あかずめの呪いが発動しない、ということだ。

放心状態だった。じっと、いくつか凹みができたドアを見上げていた。

そのうち、目から熱いものがあふれた。なぜ泣いているのか、自分でもわからなかった。悔しさからなのか、安堵からなのか。とにかく、涙は次から次にあふれて止まらない。

――彩夏ぁ、バナナ買うてきたで！

聞こえてきたのは、わたしが幼い頃のパパの声だった。さっちゃんのパパに怯えるわたしのために、コンビニまで走って行ってくれたときの笑顔。

そのとき、がたん、と派手な音がした。

扉の向こうからだった。

わたしは屈んで、キャットドアをぱかっと開いた。むわっと悪臭が漂う。

小さい枠の中で――倒れているあいつの上半身が見えた。

もっさりとした髪の毛で表情は見えない。顔のそばに本が落ちている。読書中に寝落ちしてしまったのだろうか。横倒しになった椅子の車輪がまだ微(かす)かに回っている。

だけど、大きな身体はぴくりとも動かない。

胸も、上下していないように見える。

「……パパ？」

10

通話が切れた電話機を前に、私は無力感に打ちひしがれていた。

冬樹くんの作文を読み、良かれと思って彼女に呪いについて教えたが、結局、何の力にもなれなかったようだ。冴田良彦(よしひこ)くんのことも、私が殺したようなものだ。やっぱり、呪いを幸せのために使うなど、不可能なことなのだろうか。

あかずめの呪いには順序がある――

それに気づいたときのことを思い出す。今の彩夏は、あのときの私と同じ気持ちなのだろうか。それとも――

きびすを返す。ミルクティー色の階段を過ぎて、廊下からリビングに戻ると、母がキッチンで夕食を作っていた。焼き魚のおいしそうな匂いがする。

「あ、電話終わった？　生徒さん？」

「うん」

「仕事熱心やねぇ、美緒は」

私は、ダイニングテーブルの椅子に座った。今日の夕食は、母に任せておいてよかった。かつての教え子の死に、私は少なからず胸を痛めていた。左手についたコンパスの針の痕を、目を細めて眺める。

「何か失敗したんやろ」

ソファに座って英単語帳を眺めている真緒が、振り返らずに言った。

「え……？」

「お母さん、落ち込んどったら声でわかるから」

私は椅子から立ち上がると、ソファの後ろから真緒を抱き締めた。いつもは鬱陶しがるくせに、こういうときは大人しくしてくれる。

今年で高校二年生になった、私の娘。

私が十七歳のときに授かった子だ。

授かった、という言い方は今だからできる。当時の私は、その言葉が嫌いだった。

十七歳の私にとって、妊娠なんて事故と同じだった。赤ん坊なんて、災害みたいなものだった。判明したときには、目の前が真っ暗になったものだ。

相手は、高校の先輩だった。打ち明けたけど、「勝手に妊娠したんだからお前の責任」だとその場で別れを告げられた。私は、最後に一言だけ伝えて、彼の別れを受け容(い)れた。

親にも話せず、私は追い詰められていった。十七歳で、しかも一人で出産なんて、やっていけるわけがない。ましてや私はバカで何の特技もない。ある一点を除いて、他人にできなくて私にできることなんてない。

人生が滅茶苦茶(めちゃくちゃ)になる。未来が閉ざされてしまう。

だから——生まれる前に殺そうと思った。

家の階段から滑って落ちたふりをして、堕胎させようと考えた。

だけど、できなかった。怖かった。現実的な、物理的な手段で私の中の命を終わらせることが、怖くて怖くてしかたなかった。

だから、使うことにした。

唯一、他人にできなくて、私にできること。

——あかずめの呪いを使うこと。

だけど、失敗した。

理由は、彩夏と同じだった。呪いには手順があったのだ。

すでに密室にいたこの子は、呪いでは殺せなかった。

「さぁ、ご飯食べよう、食べよう」

母がてきぱきと夕食を運ぶ。その声を聞きつけて、真緒がお味噌汁を運ぶのを手伝う。「おばあちゃんもう座っとって」と言う娘が愛しい。

テーブルに並ぶ夕食が湯気を立てる。母と娘が嬉しそうな顔で席に着く。

せーの、で手を合わせて、三人で「いただきます」と声を揃える。

嬉しそうにお味噌汁を飲むあなたを、私はきっと、もっと嬉しそうな顔で見つめている。

――だけどふいに、真緒はお味噌汁のお椀を置いた。

箸も置いた。そうして、虚ろな目で、テーブルの食事を見つめている。

「真緒？　どないしたん？　食欲ないんか？」

母が言い、真緒は「ううん」と笑顔で首を横に振る。

「ちょっとお腹がぎゅううってなって。大丈夫、冷めないうちに食べるから」

「そうなん？　大丈夫かいな」

胃薬飲むか、と提案する母に、真緒は「少ししたらよぉなるから」と返す。

私にはわかっていた。彼女が食事を一旦中止した理由が。

テーブルの真横に――真っ黒に汚れた祠（ほこら）があった。

腐乱臭がリビングに蔓延（まんえん）していく。がりがりと、祠の中で爪で引っ掻（か）く音がする。

だけどそれだけだ。こいつは、一度呪いを解けば、姿を現すだけで何もしない。

ただ、閉じた空間にいるとき、たまに見えるようになるだけ。

感じるようになるだけ。

私はお味噌汁をすすった。もう慣れていた。真緒にはまだ難しいのだろう。

死体が腐った臭いの中で、ご飯を食べるのは。

それよりも気になるのは――これは一生続くのだろうか、ということだ。

真緒は、この祠の正体を知らない。守り神だと伝えてある。祠という見た目だったのは、まだ幸いだった。

あの子――彩夏ちゃんも、この業を背負うことになる。

だから言ったのだ。――この呪いは一生ものやから、と。

いつか、あの子にも――感謝するときが来たらと思う。

殺せたことより、殺せなかったことを喜ぶ日が。

第四章　赤頭家の人々

1

「——わかるか？　朱寿、朱臣。お前ら二人のうち、どちらかが今、あかずめに呪われているんだ。どちらかが二度と出てこられず、その中で死ぬんだよ」

蔵の外から聞こえる声は、無慈悲に響いた。
黴臭い臭いが鼻につく。
湿った空気が身体にまとう。
暗闇の中に薄っすらと浮かぶのは、二人分の影。
外の声が言っていた言葉を思い出す。——腐った臭いは、人間の死体のものだと。
あかずめが現れる合図だと。
あかずめがくる。
いや、すでにきている。
ここにいる二人のうち、どちらかが呪い殺される。

蔵からは出られない。戸が開かない。
逃げることはできない。
赤頭朱寿と、
赤頭朱臣の、どちらかが、
ここから出られずに、死ぬ。
きっと間もなく。もうすぐに。

「呪いを解く方法を、教えてやろうか？」
声の主はそう告げると、扉の向こうで、哄笑した。

2

屋敷を包む霧は、ますます濃くなっていくようだった。
赤頭朱寿は、さっきから縁側に置かれた高座椅子に座って、外の景色を眺めていた。景色と言っても、濃霧がぬりかべのようにあるだけで、いつもはそこに見える石灯籠や石組井戸も、今夜ばかりは影も摑めない。大広間から漏れる灯りが、映写機のように波打つ霧の粒子を浮かび上がらせている。日没と同時に発生した夜霧は、数時間で消えるかと思われたが、午後八時を過ぎた今も一向に晴れる気配がなかった。

懐中時計をスカートのポケットにしまう。

この調子では、村全体が覆われているのではないだろうか。

「――蒙霧升降(ふかききりまとう)、だね」

背後から、赤頭朱臣が声をかけてきた。

「何、それ？」

「七十二候って知らない？　古代中国の季節の表し方でね。二十四節気でいう立秋の末候――つまり今くらいの、八月十七日から二十一日頃までをそう呼ぶんだよ。名前のとおり、深い霧が発生しやすい季節のこと」

朱臣は、説明しながら、理知的な目を輝かせている。朱寿と同じ十七歳の彼は、詰襟の学生服に身を包んでいた。勉学だけでなくスポーツにも精を出していると聞いているとおり、服の上からでも鍛えられているとわかる。

「へぇ。物知りなんだね」

「いや、生齧(なまかじ)りの知識だ」

褒められて照れたのか、耳まで赤くしている。

立秋……そうか、日中はまだ汗ばむが、暦の上ではすでに秋を迎えているのか。

縁側には、『金鳥』蚊取り線香の、独特な匂いが漂っていた。端の方では、古新聞が束になって積まれている。「首相暗殺」「犯人は現場で逮捕」という大きな見出し文字から、去年の新聞だとわかった。

朱寿は、学生服のスカートから伸びる、やや骨ばった脚を撫でた。足先に立ち込める白っぽい霧は、まるでこの世のものではないみたいだ。何だか、今にもその奥から魔物の腕が伸びてきそうである。

思わず、隣の臙脂色の杖を確認する。赤頭家の象徴である丹頂の頭部が模られた、真鍮製の杖だ。生まれつき足が悪い朱寿は、杖なしでは歩行どころか、一人で立ち上がることすら困難だった。

「それ、いい椅子だね」

朱臣は、朱寿の隣に屈むと、媚びるような声を出した。朱寿は曖昧な表情を浮かべる。腰かけている高座椅子は、先代当主が愛用していたものだったが、この家で暮らしていない朱臣には知る由もない。朱寿は最初、この椅子を使うのをためらったが、他に適当なものがなかったのだ。

「そこだと濡れないかな？　移動する？　手伝うよ」

「……いい。ここにいたいの」

ちらりと、背後の大広間を一瞥した。

十六面の襖を用いた襖絵は、いつ見ても壮観だった。八羽の丹頂が、松の木が生えた海岸にて優雅に寄り合っている絵。先代の当主が、花鳥画の大家である中島来章にひと財産をなげうって描かせたという。別宅にも同様の襖絵があり、赤頭家にとっては家を象徴する絵と言えるだろう。全体に金砂子の霞が漂う中、生き生きと描かれた丹頂たちの頭部の朱色が鮮やかに映える。まるで瑞鳥の祝宴に招待されたかのような錯覚を覚える、縁起のいい絵だ。

しかし、今このときだけは、丹頂たちの表情も、どこか虚しく映った。

床の間には、一対の菊の供花に挟まれるように、大きな遺影が飾られていた。膨らんだ禿頭に、射貫くような眼光、一文字の口を覆い隠す白い髭――つい先日、齢七十一にして急逝した、赤頭家当主・赤頭朱紅郎だ。

遺影の前には真っ白い布団が敷かれ、顔に布をかけられた人間が横たわっていた。手前には、枕飾りが置かれている。通夜を終えたばかりの朱紅郎の遺体だった。

ふいに悲しみが胸にあふれ、形見となってしまった懐中時計をポケットの中で握り締める。――先代から引き継いだ赤頭財閥をさらに大きくした経営手腕は残忍にして悪魔的と恐れられていた朱紅郎だが、身内には優しかった。とりわけ朱寿に対しては、成長に合わせて毎年杖を新調したりと、並々ならない愛情を注いでいた。

丁重に弔ってやりたいが、変わり果てた姿を見たくはなかった。

「でも、すごい霧だなぁ。毎年こんな感じになるの?」

朱臣が外を眺めながら、どこか呑気な口調で言った。慌てて目元を拭って、答える。

「ううん、こんなにすごいのは、今まで一回しか見たことない」

あれは、忘れもしない七年前――離婚した母とともに朱寿がこの屋敷に初めてやってきた日のことだ。あのときも、屋敷を丸ごと呑み込むような霧を見た。

「そっか。でも、何だか異様だよなぁ。これは、何かの凶兆じゃないかな」

「凶兆？」

朱寿は、眉を顰めた。

「そう。何か悪いことの前触れだよ」朱臣は、親族たちに聞こえないくらいの小声で、

「始まるんじゃないかな、血で血を洗う、骨肉の争いが――」

「ちょっと、やめて！　悪いことなら、起きたばっかりでしょう？」

いきなり怒られて、朱臣は目を丸くした。

「あ……いや、ごめん。悪い冗談だった。謝るよ」

まったくだ。血のつながった実の祖父が亡くなったというのに、この人は、言っていいことと悪いことの区別もつかないのだろうか。

朱寿がそっぽを向いたとき、

「――二人とも、そろそろ席に着きなさい」

そう声をかけたのは、黒紋付姿の女性――朱寿の母・赤頭朱峰だった。

怒られてしゅんとしてしまった朱臣が「はい……」とか細い声で返事をする。朱寿は「はいはい」と投げやりに言った。朱峰は何か言いたげだったが、この場では見逃すことにしたらしい。

朱寿は立ち上がると、杖を受け取った。

大広間には、女中の大内政代(おおうちまさよ)によって、すでに座布団が定位置に用意されていた。徐々に親族が集まり、各自の席に座り始める。

朱紅郎の遺体の前には、彼の三人の実子が座っていた。

まず、第一子で長男である朱一古(あけひこ)。四十代に差し掛かったところだが、長男としての重圧のためか、眉間(みけん)には海溝のごとき深い皺(しわ)が刻まれ、髪には白いものが目立っていた。一文字に引き結んだ唇と鋭い眼光からは、朱紅郎の血を色濃く感じさせる。

その右隣にいるのが、第二子で長女の朱峰。朱寿の母だ。曼殊沙華(まんじゅしゃげ)に似た紅を引いた唇は、弓なりの笑みを浮かべている。威風堂々たる佇(たたず)まいは、先代当主の妻の若かりし頃を彷彿(ほうふつ)とさせた。

そして、さらに右隣に座っているのは、第三子で次男の朱周(あけちか)だ。朱臣の実父でもある。その居住まいは、他の二人と比べて落ち着きとは程遠い。ひどいいかり肩で、手許(てもと)は袴(はかま)の皺を終始弄(いじ)っている。落ち窪(くぼ)んだ目はぎらぎらと獣のように輝いていた。

三人と目線が直角に交わる位置に座っているのが、不由美(ふゆみ)——朱紅郎の本妻であり当主代行——だった。今年六十五歳を迎える彼女だが、背筋は針金を刺したようにぴんとしていた。夫を喪ったというのに、その気丈な振る舞いに一切の陰りはない。

朱寿たちは、やや慌てて自分たちの席に向かった。不由美の対面で出入口の襖の近くに座布団が二枚並べられており、そこが朱寿と朱臣、そして朱一古の妻——清子の席だった。

「あれ？　政代さん、座布団、もう一枚くれますか」

高座椅子を運びながら、朱臣が言った。

「え、あ……」と、政代が迷う仕草を見せる。

すると、朱峰が口許に手をやった。

「ふふ、朱臣くん、朱寿は高座椅子を使うから、座布団はいらないでしょ」

「え？　あ、そう……ですね」

朱臣はどこか腑に落ちない表情を浮かべて、高座椅子を運んだ。

そして、さりげない仕草で、高座椅子のクッションを取る。

そのとき、そばの襖が開いて、黒い背広を着た老人が入ってきた。赤頭家顧問弁護士、佐久間耕吉だ。

佐久間弁護士は何度か頭を下げると、七人の中心に置かれた座布団に正座し、鞄を横に置いた。緩慢な動作で鞄を開ける様子を、全員で黙って見つめる。

鞄から出てきたのは、一枚の封筒だった。

「……では、早速、読み上げさせていただきます」

佐久間弁護士は、さらにその封筒から三つ折りの紙を取り出して、手早く広げる。

だが、紙面に視線を落とした瞬間――彼の表情が、わかりやすく曇った。

「あ、これは……」

彼は、遺言状と赤頭家の人々の顔を交互に見た。明らかに動揺していた。

「どうされました？　早く読み上げてください」

急かしたのは、不由美だ。

「い、いえ、しかし……」佐久間弁護士は、震える指で遺言状をさした。

「これは、何かの間違いでは……」

「佐久間さん、何が書かれていても、我々は驚きませんから」

朱一古が笑うと、佐久間弁護士はもう一度紙面を見た。

「では、そのまま……そのまま、書かれているとおり読ませていただきます」

それから、遺言状の紙を両手で持ち直し――はきはきとした口調で言った。

「――〝あかずめは、人を閉じ込めて殺す〟」

3

あか■めに関する■究

あ■ずめの呪いは、赤頭■■主が代々■り継ぐことになっている。

そ■て、■かずめの呪いは、そ■存在を知るこ■で効力を発揮す■という。

つまり、赤頭家■当主になるには、■かずめの呪いを解き、生き残らなり■ばならない。そ■はいつしか、赤頭家の当主とな■ための試練と■■受け継がれ■いた。

私は現当主・■■に問うた。——なぜ、そ■ような危険な呪い■あえて語り継■必要がある■か。知らなけ■■呪われないのなら、教え■ければよいではな■か、と。
■■の答えは、次のとおり■った。
「よ■か朱紅郎。当主■る者、御家の脅威に対して見■見ぬふり■す■のではなく、対処■を見極めておか■■ならない」

「人■口に戸は立て■れぬ。すでに赤頭家■■以外で、■か■めの呪い■知る者もいる■ずだ。真に恐ろし■のは、呪いそのも■では■い。呪い■生み出し、行使■■人の心な■だ」

「い■れ必ず現れる■ろう。あ■ずめの呪い■利用し、我■一族を根絶やし■■んとする者が……」

4

「……は？」

「ちょっと、何ですか？　今のは」

「佐久間先生、ふざけちゃいけない」

赤頭家の人々から、口々に困惑と非難の声が飛ぶ。

その中心で、佐久間弁護士は、誰よりも戸惑っているように見えた。

「い、いや、ですから、私は、御遺言のとおり読み上げただけで……ほら」

佐久間弁護士は、遺言状の紙を掲げた。遠目にも余白だらけで、たしかに、たった一文しか書かれていないように見える。

「あかずめ……？」

朱寿は、呟(つぶや)いた。

隣の朱臣は「あかずめって、たしか……」と顎(あご)に手をやる。

「あ……あかずめだってっ？」

そう叫んだのは、朱臣の父——朱周だった。

「おい、今の……マ、マズイんじゃないか？　あかずめの話って」

声を荒らげる。「ちょっと、朱周」と朱峰が宥めたが、朱周は止まらなかった。

「忘れたのかよ？　親父がずっと言ってただろ。俺たちは、あかずめの話だけは絶対に耳に入れちゃいけないって。たしか、死の呪いにかかるとか……」

「し、死の呪い？」

清子が、両手を口にあてた。すかさず、朱峰の声が飛んだ。

「清子さんは黙ってて。あなたには関係ないんだから」

「関係ないとは、何だ？」朱一古が、隣の朱峰を睨んだ。

「清子は、立派な赤頭家の一員だ。夫を捨てて出戻ってきたお前とは違う」

「まぁ！」朱峰は、たちどころに目を吊り上げた。

「立派というのは、子を産んでから言うべきじゃないかしら？」

「お前！」朱一古は、すっくと立ち上がった。そして、嘲笑を浮かべる。

「……なるほど、呪われた子を産んだお前は、たしかに家の役に立ってるな？」

「何てこと……！」

朱峰が喚くと、朱周が「ちょっと黙ってくれよ！」と怒鳴った。

「どういうことなんだ？　親父は、俺たち全員を呪い殺すつもりなのか？」

「よせ、朱周！」朱一古が、一喝した。

「皆が不安がるだろう」

「そうだよ父さん。みっともない」

朱寿は、横を向いた。言ったのは、隣に座る朱臣だった。

朱周が、きっと彼を睨みつける。

「みっともないだと？　お前、父親に向かって……」

「父親だろうが何だろうが、みっともないものはみっともないよ」

朱周は、般若のような顔を向けたが、朱臣はものともしなかった。

「朱周！……二人の言うとおりです。曲がりなりにも、あなたも次期当主候補なのですよ。もう少し、泰然自若としてはいられませんか？」

不由美が嗄れた、それでいてドスの利いた声を出した。

途端、朱周は、苦虫を嚙み潰したような顔で「すみません」と座り直す。

わずかな沈黙の後、朱一古が言った。

「……佐久間先生、遺言状は本物で間違いないんですか？」

「え、ええ。昨日まで東京の事務所の金庫で、しかと保管いたしておりました。鞄にも鍵がついておりますし、すり替えなどあり得ません。亡くなられた朱紅郎さんに誓って、正真正銘、本物です」

「次期当主と遺産について、先生の方で何か聞いておられたりは？」

今度は、朱峰が訊く。

「いえ、それらについては、口頭では何も……」

「事前に遺言状の中身は確認しなかったんですか？」

「それが、朱紅郎さんから、中身は確認しないよう言われておりまして……」

老齢の弁護士は、しきりにハンカチで顔の汗を拭っていた。

「皆、落ち着きなさい。……どうやら、前当主は、私たちが思っていたよりはるか前から、正常な判断力を欠いていたようです」

不由美の声は力強くも、悲痛な響きを伴っていた。

「でも母さん、これじゃあ、遺産も、次期当主も……」

「こうなった以上は、しかたありません。次期当主は、当主代理である私が決定することにします」

どよめきが生じた。

「ちょっと待ってくれよ。じゃあ、何か？　全ては母さんの胸三寸ってことか？」

抗議の声をあげたのは、やはりと言うべきか、朱周だった。

「静かにしろよ、朱周」朱一古が、せせら笑った。

「どうせお前は選ばれないさ」

「な、何だと？」

「あら、あれだけ父さんの会社に援助してもらって、当主の座までもらう気なの？」

ほほほほほ、と朱峰が赤い唇に手を当てて嗤う。朱周の顔が、熟れたトマトのように真っ赤に変わっていく。

「くそ、お前らなんか、あかずめに呪い殺されちまえ！」

「朱周！　いい加減になさい！」

不由美が、叱咤する。

「あの、皆さん、子供たちが見てますから……」

止めに入った清子に、朱峰が「あなたは黙ってなさい」とぴしゃりと言った。清子は、それ以上言えないらしく、目を伏せて縮こまってしまう。

「……朱寿、ちょっと席を外そうか」

朱臣が、隣にいる朱寿に耳打ちした。朱寿も、こくこくと頷き素直に従う。

去り際に、朱臣は床のクッションを高座椅子に戻す。空になった高座椅子と座布団に並ぶ清子の背中はよりさみしげで、心細そうに見えた。

移動した先は、広間から少し離れた、食堂として使っている部屋だった。

「まったく、参ったなぁ、醜い大人たちには」

朱臣は苦笑すると、冷たい緑茶が入ったグラスをぐいと傾けた。さっき自分が言った冗談が現実になって、戸惑っているらしい。

「……ねぇ、あかずめって」

朱寿は、おずおずと訊いた。

「ああ……僕も、小さい頃に酔った父さんから聞いたことがあるよ。名前だけだけど……っていうか、名前以上のことは父さんも知らないし、知っちゃいけないって言ってた」

「たしか、冠村に伝わる怪異の名前、だよね」

朱臣が、頷く。

「詳しいことは、当主のお祖父さんしか知らないんじゃなかったかな。知っちゃったら、さっき父さんが言ったみたいに、死の呪いにかかるって……」

「死の呪い……」朱寿の持つグラスの緑茶が、静かに揺れている。

「じゃあ、私たちは、もう呪われたってこと？」

「まさか」朱臣は、朗らかに笑った。

「ただの言い伝えだよ。呪いなんて実際にあるわけない」

そのとき、襖がさぁっと開いて、黒い着物姿の男性が入ってきた。朱一古だった。

「何だ、ここに避難してたのか」

彼の後ろには、女中の政代がついてきている。

「場は落ち着いたんですか」

朱臣が尋ねると、朱一古はゆるゆると首を横に振った。

「おふく――お祖母ちゃんが臍曲げちゃってな。赤頭家の将来をとっくり考えるって、部屋に引っ込んじまった。大内さんに冷たいお茶でも淹れてもらおうと思ってな」

政代は、食堂の裏にある台所へ行った。しばらくすると、四人分の緑茶が入ったグラスをお盆に載せて持ってくる。一つは、不由美のものだ。持ってきたグラスと空いたグラスを交換しながら、「先ほどはすみません」と謝ってくる。

「高座椅子の……座布団の件です。朱峰様の言いつけでして……」

「まったく、あいつもこだわって、しょうのない奴だ」

朱一古は座ると、煙草を口に咥え、火を点けた。

「親父もあんなことを遺書に書くし、どうなってるんだ」

「……朱一古伯父さんは、あかずめのこと知ってたの？」

朱臣が質問する。朱一古は白い煙を吐いて、「いいや」と答えた。

「名前と、よくないものってことくらいだった。親父に訊いても絶対に教えてくれなかったし、その名を二度と口にするなって、内蔵に閉じ込められたこともある。……閉じ込めて殺すものだと知ってたら、怖くて仕方なかっただろうな」

歯を見せて笑う。その様子から察するに、朱周と違って、あかずめの呪いを信じているわけではなさそうだ。

「まぁ——その由来は、何となく察しがつくけどな」

「ゆ……由来って？」

朱寿が、こわごわと尋ねた。

「ふむ、お前らももう十七歳か。立派な大人だな」

朱一古は、周囲の様子を窺ってから、静かに語った。

「知ってるかもしれないが——冠村には昔な、人身御供の風習があったと言われてる。飢饉とか、流行り病とか、そういう『村の脅威』に直面したときに、生きた人間を贄にして——つまり、神様に捧げて、何とかしてもらおうとしたんだ」

「薄々は知ってたけど」朱臣は、蔑むように笑った。

「恐るべき無知蒙昧だね」

「ああ、今の時代なら考えられない。けど、当時の当主たちは、本気でそれで何とかなると考えていた」

「当主って、まさか……」

朱寿は、顔を顰めた。

「そう、その儀式を取り仕切っていたのが、赤頭家だったんだ」

しんと、場が静まった。

朱一古が煙草をひと吸いして、ふうと吐く。

「……それは、知らなかったな」と朱臣。

「そんなこととして、本当に何とかなったの？」

朱寿が訊くと、朱一古は「なるわけないだろう」と笑った。

「だからこの村は昔、『神様がいない土地』って意味で『神去り村』、『神無地』なんて呼ばれてたんだ。それが転じて、今の『冠村』になったんだよ」

嘆息する。それが、村の名前の真の由来だったのか。「村を囲む山々が冠みたいに見えるから」というのは、そういう血腥い歴史を隠すための後付けなのかもしれない。

「何人くらいが……犠牲になったの？」と朱寿。

「さぁな、そういう記録は見たことがないが、少なくない人数だろうし。数の多寡で語るものでもない。違うか？」

朱寿は、ふるふると首を横に振った。「違わない」

「つまり、あかずめの呪いの正体は……人身御供になった人たちの怨念、ってこと？」

朱臣の言葉に、朱一古は緑茶を飲みながら頷いた。

「そう考えるのが、まぁ、筋だろうな」

重たい話に、言葉が出ない。朱寿は、青い顔で一点を見つめていた。常日頃周囲から言われていた「赤頭家の呪い」の正体を知り、心も身体も硬直してしまっているのだ。

「……ひ、人身御供って、具体的に、どんなことをしてたの……？」

尋ねたのは、朱寿だった。赤頭家の人間として知っておかなければ――振り絞った声からは、そんな決意が感じられた。朱一古にも、興味本位で訊いているわけではないと伝わったのだろう。少し沈黙してから、静かに語った。

「……埋めたんだよ。祠ってわかるか？　まぁ、神様の小さいおうちだ。――人身御供に選ばれた子はな、祠に閉じ込められて、土の下に埋められたんだ」

祠――頭に浮かんだのは、村の外れや山の中にある、石や木でできた祠だ。屋根と戸がついている、まさしく小さな神様のおうち。

あれに……閉じ込める？　人間を？

それだけじゃなくて、土の下に埋める？

「『あかずめ』の由来はそこにある。祠の戸が開かないようにしたから『開かず埋め』、赤頭家が関わっていたから『赤頭埋め』というのもあるが……」

朱一古は、なぜかそこで言葉を切った。

続く言葉がないと知り、朱臣が発言する。

「ということは――『あかずめ』って怪異の名前は元々、人身御供の風習の名前だったってことか」

「そうなるな」

「でも……祠って神様の家だろ？　そんな神聖なもの、埋めていいの？」

「たしかに、一般的には忌避することだ。ただ、これにも一応、歪んではいるものの論理があるんだよ」

　吐いた煙が、天井に昇っていく。

「山が多い冠村では、昔から土砂災害が起きるたびに、その場所に祠を建ててきた。祠は神様を祀る場所であると同時に、後世の人間に土砂崩れとかが起きやすい箇所を伝える目印でもあったわけだ」

　たしかに、冠村でも、祠がある場所は、山の急斜面の近くであることが多い。

「さて、昔々、まだ人身御供の風習がなかった頃。村人たちはある日、土砂崩れで埋まっている一つの祠を見つけた。無残に崩れ、土にまみれた祠を見て、彼らはこう考えた。――神様が身代わりになって、村を災害から守ってくれたんだ、と」

「それだけ聞けば、昔の人は純粋だったと思えるね」

　朱臣は、緑茶を飲み干した。

「ああ。ただ、神様が守ってくれたから、祠が埋まっていた……この因果関係が、いつしか逆転した。つまり、祠を埋めれば、神様が守ってくれる――という風にな」

「そんなことあるの？」

朱寿の声は、懐疑的だった。

「まぁ、信仰というのはそういうもんだ。都合よく解釈が付け足されていくんだよ。……こうして、冠村の村人たちは、神様にお願いするときは祠を埋めるようになった。わざわざ埋めるための祠を作ってな。しかしもちろん、そんなことしても問題は解決しない。だから今度は、人間を生贄にして一緒に埋めるようになった」

結論はわかっていたのに、やはり顔を顰めてしまう。

「神様の家であるはずの祠に人間を入れるのは支離滅裂に思えるけど、神様の所有物という趣を強める意味があるんだろう。これが、冠村の人身御供制度の成り立ちだよ」

朱一古は、煙草を灰皿に押し付けた。

「……でも、そんな昔のことを、今生きてる僕らに言われてもって感じだね」

「ああ、朱臣の言うとおりだ。末代まで呪ってやるとは言うが、先祖の悪行のツケを払わされるのは理不尽だな。──特に、朱寿なんてそう思うだろ？」

いきなり話を振られて、朱寿は目線を上げた。

「え……？」

「だって、お前がそんな足で生まれたのも、赤頭家に対する呪いのせいだからな。生まれながらにして、この家の罪を背負ってるんだ。俺は、お前が不憫でしかたないよ」

朱寿は面食らった表情をして、それから、すっと目を細めた。「あはは」と乾き切った笑い声が漏れる。――いつものように。

「伯父さん、それは」

「赤頭家の人間は、みんな、朱寿に感謝してるよ。親父の事業がうまくいったのも、朱寿が赤頭家の業……その報いを一身に引き受けてくれているからだ。親父がお前を――そうだな、赤頭家の中では一番に可愛がってたのは、そういう理由だろう」

前言撤回だ。朱一古は、あかずめの呪いを信じていないわけではない。

むしろ逆だ。ごくごく自然に受け容れているのだ。

「だから、本当ならお前は、無理して学校になんて行かなくていいんだぞ。俺が当主になったら、いや、誰がなってもだ、お前のことは家がきちんと面倒をみる」

聞いていられなかった。一気にグラスを空にする。

膝が震える。何とか立ち上がると、空いたグラスを持って台所へ向かった。

「あ、そんなのは私が」

「いいんです。政代さんは、不由美さんにお茶を持って行ってあげて」

ずっと朱一古が話していたために食堂を出る機会を逃していた彼女は、一杯のグラスを持って部屋を出て行った。誰もいない台所に入る。

流しにグラスを置いた途端、目から涙があふれた。

昔からああだった。赤頭家の人々は——朱寿に業を背負わせたがっている。それは、彼らがみんな、先祖の「悪行」に罪の意識を感じているからだ。十七歳の朱寿を、まるでイエス・キリストのような、赤頭家の「原罪」を雪ぐ存在に仕立て上げようとしている。たまたま障害を持って生まれたのをいいことに、朱寿が自分たちの罪を贖ってくれていると都合よく解釈しているのだ。

大人たちはいつも、朱寿の足が悪いことを、本当に嬉しそうに口にした。例外は、母である朱峰くらいだった。ただ、彼女も朱寿に厳しかった。娘に降りかかった運命に対する憤りの矛先を、娘そのものに向けていた。

朱寿が、周囲からどんな陰口を言われているか知りもせずに。

学校でどんな扱いを受けているか、知りもせずに。

立派すぎる杖は、彼女の歩みを補助しているようで、かえって重荷になっているように見えた。それはまるで、朱寿と赤頭家の関係そのものだった。

「——僕は、そうは思いません」

食堂から聞こえてきたのは、朱臣のやや熱っぽい声だった。

「僕は、呪いなんて存在しないと思っています。非科学的です」

「まぁ、きみがどう思おうが勝手だがね。現実として、朱寿の足が悪いのは——」

「それは、伯父さんたちがそう思い込んでるだけです。いや、思い込んでるだけならまだいい。問題は、朱寿にもそう思い込ませようとしてるところだ」

　朱臣の声からは、義憤と、それを爆発させまいとする理性が感じられた。

「さっき、『あかずめ』という怪異の名前は人身御供（ひとみごくう）の風習の名前からきていると知って、確信しました。……僕は、あかずめの呪いの正体は、赤頭家の歴史の闇の部分、その罪の意識だと考えます」

「と言うと？」

「『あかずめについて知ろうとするな』というのは――『赤頭家の闇の歴史に触れるな』と言い換えることができるんです。その抑止力のために、呪いなんてものをでっちあげたんだ。つまり、自分たちの悪行が露見することへの恐れなんです」

「なるほど、おねしょした布団を押し入れに隠した子供が、『押し入れにはお化けがいるから開けるな』と言ってるようなものか」

　朱一古の声は、穏やかだった。

「はい。そして、当主になるということは――その罪の意識を、一身に背負うことだと考えます。決して、十代の女の子を〝贖罪（しょくざい）の山羊（やぎ）〟にすることじゃない」

「ほぉ、聖書を読んでるのか。つくづく、朱周の息子とは思えないな」

　目から、滂沱（ぼうだ）の涙があふれた。当主には、すぐにでも朱臣がなるべきではないか。

　そう思った瞬間、屋敷に悲鳴が轟（とどろ）いた。

政代のものだ。食堂に戻ると、朱一古と朱臣は廊下に駆け出るところだった。
現場に着いたときには、すでに屋敷にいた全員が集まっていた。
彼らの脚の隙間に、黒いものが横たわっているのがわかる。
全員がそれを見下ろしている。
嫌な予感が全身を駆け巡る。
襖に囲まれた、和室の中。
赤頭不由美が――鉛青色の顔色で息絶えていた。

5

あか■めに関する■究

■かずめの呪■は、これ■での「あ■ず■■」の儀式で犠牲■なってきた■■たちの憎悪の念が一塊■なり、怨霊と化■たものであ■と、旅の僧は語っ■。
我々■旅の僧にあかず■を鎮めるよう依■した。僧は、「難しい■■だが、方法は一つだけ■る」と語った。

「そ■ためにも、拙僧はあ■ずめに呪われ■ければな■ません」

「しか■、呪われたら死■でし■います■」

「何、魚心あれ■水心■いう言葉■あるで■ょう。まし■や、相手は■■です。拙僧が思うに、彼■たち■自らの苦■みと悲し■を訴え■いるに■ぎま■ん。その想い■寄■添い、言葉を■わし■こそ、■■たちの怨毒■鎮め■■とが叶うの■す」

「化け物相■に、言葉を交■せるとは思いませ■が」

「■け物と切り捨て■のはおよし■さい。■■たちは、元は人間■す。人が人■呪うのです。け■ども、これ■一筋の光明■もあり■す。相手が人■らば、必ず対話■よる解■が望■るでしょう」

しかし■の僧は結局、あかずめ■よって■■■てしまった。

6

屋敷の中は、蜂の巣をつついたような騒ぎになった。

駐在所は、徒歩で十分くらいの距離にある。「私が呼びに行ってきます」と申し出たのは、佐久間弁護士だった。霧はまだ深かったが、彼は土地勘もある。

霧の中に消える背中を見送ってから、赤頭家の人々は大広間に集まった。

当主に続いて当主代行を喪い、親族は全員、戸惑いを隠せない様子だった。特に第一発見者となった政代はいたく取り乱していて、肩を震わせて泣き出す姿は、ことさら他の者の動揺を誘った。

赤頭不由美の遺体は、朱紅郎の隣に安置されている。顔に布をかけられているが、それは故人の尊厳を守るためというより、断末魔の恐ろしい形相を隠すためという意味合いが強かった。

大人たちは、死因は窒息死ではないかと話していた。……青黒くなった顔色、そして、襖を掻き毟るという異常行動は、酸素欠乏による精神錯乱状態によるものではないかとの意見が出たからだ。しかし、襖に囲まれた部屋でどうやって酸素がなくなるのかと反論が出て、結論は出なかった。

「——あかずめの呪いだ。やっぱり、親父が言ってたことは本当だったんだ！」

座布団の上であぐらをかいて、朱周が喚いた。

「よしてよ朱周、馬鹿馬鹿しい！」

「でも、姉貴も見ただろ？　あの死体——閉じ込めて殺されてたんだ。お袋の自室で。襖は引っ掻かれてぼろぼろだった。何とか出ようとして、指に血が滲むまで足掻いたんだよ。だけど出られなかった！」

「襖の部屋で、どうやって閉じ込めるって言うの？」

「ああ、普通はできない。だから、人間業じゃないってことだろ？」

　朱峰は、「これ以上聞きたくない」と言いたげに、顔を背けた。どうやら、彼女はあかずめの呪いを認めたくないらしい。

「やっぱり、親父は、家族を呪い殺すつもりなのか？　そのために、遺言状にあんなことを書いて、一族全員の前で発表させて――」

「馬鹿。親父がそんなことするわけないだろ？」

「ええ、父さんは家族を愛してた」

「だったら、あの遺言状は」

「決まってるだろ？　誰かが書き換えたか、すり替えたか――とにかく、偽物だよ」

「すり替えたって、誰が？」

「怪しいのはやっぱり、佐久間先生だろうな」

　朱一古は、腕を組んだ。

「そんなことして、佐久間先生に何の得があるわけ？」

「いや、ちょっと待て。今は遺言状のことより、誰がお袋を殺したかだろ？」

「だから、呪いだって言ってるだろ？」

「殺人に決まってるじゃない。呪いなんてあり得ないんだから！」

　朱峰は、口角泡を飛ばした。

「いやしかし、殺人だとするとこの中に殺人犯がいることになるぞ」

「朱峰さん、一旦落ち着いて――」

「清子さんは黙ってて！」

朱寿は、嘆息した。

何やらまた、席を外した方がよさそうな雰囲気である。

「……やめましょう。不毛な言い争いは」朱峰は、すっかり乱れた髪を掻き上げた。

「とにかく今は、これ以上混乱が広がらないよう、全員、余計な行動は慎みましょう」

「ああ、とりあえず全員、閉じ込められるような場所は避けた方がいいな。便所も風呂も入るべきじゃない。どうしても入るときは、扉を開けっ放しにするんだ」

朱峰は何かを言いかけたが、呑み込んだようだ。

時刻は、午後十時を少し過ぎたところだった。

懐中時計をしまう。

大広間に残っているのは、朱寿と朱臣、そして朱周だった。

朱一古は夫妻の住居――屋敷の離れに戻っている。清子は、政代と台所へ夜食を作りに行った。朱峰はと言えば、母屋にある自室に行ってしまったらしい。

朱寿はまた、高座椅子を持ってきて、縁側に座っていた。まるで魅入られたかのように、外の霧を眺めている。霧は晴れるどころか、どんどん濃くなっていた。まるで、この家の人間を外界に出すまいとしているかのようだ。……果たして、佐久間弁護士は駐在所にたどり着けたのだろうか。

うそ寒いものを感じて、ぶるっと身体が震えた。

「ふかき、きり、まとう……」

「ほぉ、よく知ってるな」

いつの間にか、背後に朱周が立っていた。

信じられないことに、酒を飲んでいるらしい。顔が紅潮し始めていた。

「父さん、飲んでるのか？」

「いいだろう別に。おい、学校で習ったのか？」

「いいえ、さっき、朱臣さんに教えてもらって」

「ふぅん。だったら朱臣、お前、赤頭家に代々伝わる意味を知ってるか？」

「……何だよ、それ」

朱寿の隣にいた朱臣が、眉間に皺を寄せた。

「頭でっかちめ。こう書くんだよ」

朱周は、紙を取ってくると、そこにさらさらと書いた。

深き霧　魔踏

「赤頭家に凶事あるとき、冠村には深い霧が訪れる。これは、親父の死が呼んだものだと思っていたが……お袋の死も示唆してたのかな」

「魔を踏むっていうのは……」

「当て字さ。霧に迷って、この世ならざる魔の領域に足を踏み入れてしまうってな」

魔の領域――背筋に、冷たいものが走った。

当主である朱紅郎が亡くなり、次に妻の不由美が不審死を遂げた。

もしかしたら、あかずめの呪いによって。

ひょっとして、この家の人々はすでに、家ごと魔の領域に飛ばされてしまったのではないか――そんな想像をしてしまう。

見ると、朱周がニヤニヤと笑っていた。

「……どうかしましたか？」

「ああ、いや、別に」

朱周は、口許（くちもと）を押さえた。だが、笑みは隠し切れていない。

「喜べ、朱臣。お前は、赤頭家当主の息子になれるかもしれないぞ」

「な、何言ってんだよ？」

「あかずめの呪いだよ。朱一古は書き換えだのすり替えだのと言ってたが、俺は、あれは正真正銘、親父が書いたものだと思ってる。……この呪いから生き残った者が、次の当主で、遺産も総取りだという意味を込めてな」

朱周の目は、飲酒のせいもあってか、白蛇のように真っ赤だった。

「あかずめの呪いは、次期当主となる者に語り継がれてきたんだ。そして、呪いを克服することが新当主の第一の試練だった。これまでの当主の中には、あかずめの呪いに打ち克てずに死んだ者もいたらしい」

「……そんなこと、どうして父さんが」

「何、さっきドタバタしてるときに、親父の部屋に入ったんだ。すぐに姉貴が来て、『当主以外は入るな』って追い出されちまったが……これを見つけてな」

そう言って懐から取り出したのは、一冊の和綴じ本だった。

紙の色は黒みがかった茶色で、かなり古いもののようだ。

「それは……？」

「ぱらぱらと見たが、こいつは手記だな。けど、ただの手記じゃない。あかずめに関する、歴代当主の記録や考察が記されてるんだ」

興奮した様子で、本を前後に振る。

「これだけじゃないぞ。他にももっといい――いや、まぁ、それはいいか」

朱周は、本を懐に戻した。

「話を戻すとだ。今回はな、これまでと順序が逆になっただけさ。新当主があかずめの呪いを解くんじゃなく――呪いを解いた者が、新当主になる」

「いい加減にしろよ！　父さん」

ついに、朱臣が爆発した。

「あんた、おかしいよ！　お祖父さんに続いて、お祖母さんまで死んだんだぞ？　なのに、次期当主とか遺産とか……それは、朱寿の母親が死ねばいいって言ってるのと、同じなんだぞ？」

「ああ、そう言ってるんだよ」朱周は、きっと朱寿を睨んだ。

「朱寿、お前は生贄――人身御供なんだよ。赤頭家があかずめの呪いから解放されて、さらに発展するためのな」

朱周は、透明な酒が入ったグラスを、ぐいと傾けた。

どうやら、彼は一足先に、魔の領域に迷い込んでしまったらしい。

「今まで生きてきて、ろくなことがなかっただろ？　生まれつき自力で歩くこともままならず、父親から捨てられ、母親からは冷遇され……学校でもずいぶんひどい目に遭ってるそうじゃないか。そりゃあ、親父も憐れに思うさ。けどな、あいつは実の孫のお前より――」

次の瞬間、朱周の身体は、畳の上に吹っ飛ばされていた。グラスが酒を撒き散らして転がる。朱臣が殴りつけたのだと理解できたのは、彼が叫ぶのと同時だった。

「クソ親父！　目を覚ませ！」

朱寿は、口に手を当てて、目を見開いていた。叔父(おじ)の暴言よりも、目の前で行われた暴力の方に衝撃を受けていた。

「く、くく……そうか、お前、そっちか」

朱周は頬を押さえながら、起き上がった。

「何だよ？」

「そうか、俺はてっきり、いや……くく。別にいいんじゃないか？　恋愛の自由だ」

「……何を言ってるんだ？」

「だから、そんな女でも許可してやると言ってるんだ」

「こいつ……！」

「た、た、大変です！」

朱臣が一歩踏み出したとき、廊下から清子が飛び込んできた。彼女は震える手で背後の廊下を指さしながら、息も絶え絶えに叫んだ。

「お……お手洗いで、朱峰さんが、た、倒れてるんです！」

7

あか■めに関する■究

「■か■■め」の儀式を廃止したのは、一八■■年のことであり、時の当主・朱■が、当主に就任し、あかずめの呪い■解くと■時に、廃止を決定■た。

当主就任以前、■■は寧ろ儀式■意欲的で■った。「呪いなど■負けてなる■のか」「『神去■村』『神無地』など■いう汚名は■としても雪がねば■らない」「この地■氏神様が御座■ことを証明■る」「神■いないの■はなく、祈■が、犠牲■、供物が足り■かった■だ」と主張し、たとえ時代に逆■してでも儀■を続けること■掲げて■た。

そんな■■が、呪い■解くや否や、儀式■完全撤廃■と鞍替■■たのだ。

その理由について、■■は晩年、こ■語った。

「あかずめ■呪いを■けて、人■御供となった■■たちの記憶を追■験し■。その苦痛、悲愴、無念■るや。とても言葉で言■表せるもので■■い。かような残虐■儀式は、一刻も■■なくさねばな■ない。願■くは、『あ■■■■■』によって■■れた者たちの魂が安ら■に眠れるよ■」

8

開いた個室の扉から、ぐったりとした朱峰の上半身がはみ出していた。

「お手洗いの扉を開けたら、こう、出てきたんです、ずるりと……」

ハンカチで口許を覆っている清子の手は、まだぶるぶると震えていた。

朱峰の形相は、生前とは別人のようだった。症状は、不由美と同様である。症状だけでなく、扉の内側に血に塗れた無数の引っ掻き傷が残っている点も同じだった。朱峰の白くたおやかな指は、まるで鑢にかけられたような状態になっていた。

彼女自身がそうしたのだ。あそこから出ようと踠いて。

彼女は——あかずめに閉じ込められて殺されたのだ。

「あれだけ言ったのに、扉を閉めてたのか。馬鹿だな」

朱周が呟いたが、誰も相手にしなかった。

朱臣の握り締めた拳が、真っ白になっていた。

朱寿は呆然と、母親の遺体が大広間に運ばれていくのを眺めていた。

「駐在は……佐久間はまだ帰らないのか？」

遺体を運び終えると、朱一古は声を荒らげた。

清子が、青ざめた表情で彼の腕に身を寄せている。

二人は、床の間の前に並んだ三つの遺体を眺めていた。

「あ……貴方、このままだと、私たちも……」

「……心配するな。お前のことはきっと守る」

朱一古の顔には、玉のような汗が浮かんでいた。

「お前は、子供たちをしっかり見てやってくれ」

夫の言葉に、清子は深く頷いた。

「朱周、ちょっと来てくれ」

「何だよ、当主の座を諦めるって話か？」

「ふざけるな。次期当主候補同士、協力するんだ」

朱一古は、朱周と連れ立って別の部屋に行ってしまった。その背中を見送ってから、
清子は朱寿たちの方に振り返る。笑顔がぎこちないのは、朱一古の思い詰めた表情が
気がかりだからだろう。

「さぁ、貴方たちは向こうの部屋に行ってなさい。お布団を敷いてあげましょうか？」

「いや……伯母さん、僕たちも寝ずの番をするよ」

「でも」

「元々はそういう予定だったんだ。それに、これだけのことがあったら寝られないよ」

朱臣の言葉に清子は反論できないらしく、「だったら、お夜食を持ってくるね。私たちは、明日のお料理の準備をするから。政代さん、料理本を出してくれる？」と貼り付けたような笑顔で言った。

朱寿も「何か手伝う」と申し出たが、彼女は料理が苦手だった。清子にやんわりと断られる。

「今は、お母さんのそばにいてあげて」

朱一古と清子の間に子供はなかった。そのせいで、清子は不由美と朱峰から事あるごとに嫌みを言われていたと記憶している。清子の聖母のような微笑みに、朱寿は泣きそうになった。

懐中時計の針は、午後十一時を指していた。

朱寿と朱臣は、大広間に残った。朱寿は、朱峰のそばに腰を下ろす。

色々なことが短時間で起きたせいか、精神的な疲労を感じていた。

座には、どこか白けたような、気まずい雰囲気が流れている。

「あかずめは……赤頭家をみんな、殺すつもりなのかな？」

カチコチと壁掛け時計の音だけが響く大広間に、呟きがこぼれた。

「……どうだろう。あかずめの意思なのか、お祖父さんの意思なのか。後者だとして、父さんの言うとおりなら、たった一人だけが生き残るのかも」

朱臣は、壁にもたれて座り込んでいる。

「もっと僕らに都合よく解釈するのなら……元々の当主候補……あとは、朱一古さんか、父さんのどちらかが死ねば終わるのかもしれないけど」

「終わるって……何が？」

何が始まっていて、何に巻き込まれているのだろう。

「父さんが言ってた、生き残りをかけた戦い、じゃないかな。呪いを解いた者が次の当主だって。まぁ、父さんが言ってるだけだと思うけど。本当にそうなら、お祖父さんはもっと説明するべきだよ」

「呪い……どうやって解くんだろ？」

すでに、この家にいる者は全員呪われている。生き残っている者も、何かの拍子にあかずめに閉じ込められて、殺されるかもしれない。不由美や、朱峰のように。

何かの拍子――そうだ、いったい、何をすれば、あかずめに閉じ込められるのか。閉じ込められそうな場所をとりあえず避けているけど、それだけでいいのか。この呪いに終わりはあるのか。どうすれば呪いを解くことができるのか。

何もわからない。まるで、霧の中にいるみたいに。

「……私、あかずめを解放してあげたい」

朱寿が言った。

「あかずめを？　何から？」

「この家からだよ。だって、あかずめはずっと、赤頭家だけを恨んで、呪いをかけてるんでしょう？　何年もずっと。そんなのって……」

朱寿は、涙で潤んだ目を伏せた。

——あまりにもかわいそうではないか。そう続くはずだった。

あかずめの正体は、赤頭家によって人身御供にされた人々の怨念。そう聞いたとき、「怖い」よりも先に「悲しい」と感じた。傲慢な言い方をすれば、あかずめを救いたいとすら考えていた。この家の犠牲者という点で、朱寿と同じだったから。

「そのためには、あかずめについてもっと知らないといけないと思う。……どうすればいいかな？」

朱寿は、神妙な態度で尋ねた。

「……呪いから逃れるためじゃなくて、あかずめを解放するためか。あの父親を見た後だと、響いちゃうなぁ」

朱臣の口調は、どこか嬉しそうだった。

「よし、じっとしててもしょうがないし、行こう」

「行くって、どこへ？」

「お祖父さんの部屋だよ。さっき父さんが言ってたろ？　どうやらそこで、いい情報を手に入れたみたいだ」

たしかに、そんなことを言っていた。今なら、大人たちの目をかいくぐることも容易だろう。

当主の部屋までは、いくつかの部屋を渡って行かなければならない。朱寿たちは大広間を出ると、できるだけ足音を立てないように向かう。居間を抜けて、畳廊下を通過し、仏間に出る。その隣が、朱紅郎の部屋だ。

六畳の広さの仏間には当然、仏壇が置かれている。

襖（ふすま）は開いていた。

その奥から、朱周が現れる。なぜか両手を挙げている。

その理由は、彼の後ろに現れた人物を見て、すぐにわかった。

拳銃（けんじゅう）を手にした朱一古が、その銃口を、朱周の後頭部に突き付けていた。

9

言葉が出なかった。突然の状況に、理解が追い付かなかった。

「朱一古さん？　何してるんですか？」

一番初めに声を発したのは、朱臣だった。

「こいつはな、危険人物なんだよ」

答えたのは、朱一古だ。低く、獣が唸るような声だった。

「あかずめの呪いを解くために、こいつが何をしようと言い出したか、教えてやろうか。朱寿、お前を生贄に捧げようと言い出したんだよ、こいつは」

「わ、私を……？」

朱寿は、目を丸くした。

「そうだ。さっきはあえて説明を省いたが——かつて赤頭家は、十歳からお前くらいの年齢の女の子を人身御供に選出してきた。神に捧げるものは穢れていてはならないという、ありきたりで馬鹿みたいな理屈でな」

朱一古は、皮肉な笑みを浮かべた。

「それが、あかずめ——『あかずうめ』の儀式だ」

「あかずうめの儀式……？」

「『開かず』というのは、この地方の言葉で穢れてない女性のことだ。それを、生きたまま祠に入れて埋める——だから、『開かず埋め』」

「じゃ、じゃあ、人身御供になってきたのは、まだ十代の女の子だったたってこと？」

朱寿が、震える声で尋ねる。

否定してほしかったが、朱一古の答えはにべもなかった。

「そうだ」

背筋が凍ると同時に、吐き気を催した。そんなことが、この家で、この村で行われていたことが信じられない。まだ十代の少女を祠に詰めて、土に埋める？

それも生きたまま？

そんなことをすれば、呪われて当然だ。

「へ、へへ……だからよ、あかずめはきっと、自分たちがされたことを、赤頭家の人間にやり返してやりたいと思ってんだよ。理屈だろ？　赤頭家の人間で、十代で、女──当てはまるのは、朱寿しかいねぇじゃねぇかよ」

「黙れ、獣め！　お前とはもう、兄でも弟でもない！」

朱一古は、銃口を朱周の後頭部に擦り付け、撃鉄に指をかけた。銃口が頭蓋骨に当たる「ごりっ」という音が聞こえた。朱周が「ひっ」と短い悲鳴をあげる。

「朱寿、気にしなくていいぞ。お前のことは、俺たちが守る」

「わ、私は……」

「お前のことは殺させない。時代遅れの馬鹿げた儀式の犠牲になんてさせない。お前は、生きて赤頭家の罪を償う存在だからな」

にっこりと、朱一古が微笑む。

「朱一古さん、お、お願いだ、父さんを……」

「朱臣、つくづく、お前はこいつに似ないでよかったな。親父の金に手を出しては事業に失敗し、あまつさえ女房に暴力を振るって逃げられる、最低の男だ。……おい、お前のような屑が、赤頭家の当主になれるなどと、一瞬でも思ったのか？」

「あ、兄貴……」

「俺に今の計画を反対されるや否や、親父が抽斗に隠していたこの拳銃を取り出し、俺を脅そうとしたな？　しかし、酔っていたために手許が狂って、拳銃を俺の方に放り出してしまったんだから、まったく情けない奴だ」

「赦してくれ、兄貴……当主の座は、諦める……」

「諦める？　可笑しな奴だ。烏が丹頂になれないことを『諦める』というのか？」

かちりと、拳銃から硬い音がした。

「ちょ——ちょっと待って、朱一古さん！　父さんは、あかずめの呪いを解く方法を知ってるんだよ！　だから、殺しちゃダメだ！」

朱臣が庇ったが、朱一古は笑い飛ばした。

「ははは、こんな親父でも生きててほしいか？　呪いを解く方法を知ってるのはこいつじゃなくて、これだろ？」

朱一古は、拳銃を持っていない方の腕を伸ばした。

その手の先には、さっき朱周に見せられた和綴じ本があった。

「とっくに回収してるさ。お前の親父は、隠し事をする度量もないんだよ」

「お、お前は、またそうやって、俺の努力を、掠め取って……」

朱周の顔が、みるみる赤くなっていく。

「悪事においても、俺の方がお前より上手だっただけさ」

次の瞬間、朱周が振り返り、朱一古に飛びかかろうとして――

乾いた発砲音が、屋敷じゅうに響き渡った。

と同時に、また政代の悲鳴が聞こえた。

朱周の頭から赤黒い液体が噴き出し、襖と天井に直線を描く。朱周は棒のように倒れると、踏み潰された虫のようにぴくぴくと痙攣しながら、畳に血溜まりを作った。

朱寿も、朱臣も、動けなかった。

朱一古が拳銃を胸元にしまう動作を、魅入られたように眺めていた。

朱寿が、その場に崩れ落ちる。

「――さぁ、これで当主は決まりだ。俺が新しい赤頭家当主だ」

「こ、殺した……」

朱臣の声は、悪夢にでもうなされているかのようだ。

「ああ、殺したよ。けど、身内一人殺したところでどうってことないさ。佐久間弁護士もこれから来る駐在も、赤頭家当主には逆らえない。揉み消して終いだ」

すると、だだだだ、と廊下を走る音が聞こえた。

振り返る。畳廊下を必死の形相で走ってくる、政代の姿があった。

「朱一古様、奥様……清子様が！」

「清子がどうした？」

「あ、あの、お料理中に突然倒れられて……あ、ああ！」

ようやく朱周の死体を認識した政代は、ぎゃああと叫びながら、中の間の方へ駆けて行った。そのまま、大玄関の方へ消えていく。叫び声が遠ざかっていく。気が動転して、逃げ出してしまったらしい。

一方、朱一古も「清子！」と叫んで、台所の方へ走り出した。へたり込んだ朱寿を抱えて、朱臣がその後を追う。

台所では、清子が仰向けに倒れていた。

「清子！　どうした、清子！」

その身体を抱え上げて、朱一古が何度も名前を呼ぶ。だが、少し離れたところから見ていても、すでに事切れているのは明らかだった。顔が青黒く膨れていた。

――あかずめだ。清子もまた、あかずめに呪い殺されてしまったのだ。

台所には、味噌汁のいい香りが漂っていた。

「清子、清子……うあ、うあああ……」

朱一古が、慟哭する。……けれど、清子はどこに閉じ込められたというのだろう。

台所の扉は開いていたし、すぐそばには政代もいたはずだ。

何より、彼女の指先は、綺麗なまま残っている。

しかし、咽び泣く朱一古には、そんなことを考える余裕はないらしかった。

彼はぴたりと泣き止むと、すっくと立ち上がった。身体ごと振り返る。だが、その表情は、両手で覆われて見えなかった。

「俺が……間違えてたのか？」

譫言のように呟くと、彼は一歩踏み出した。

「もしかして……朱周の言うとおりだったのか……？　必要なのは、生贄だったのか？　あかずめ――開かず埋めをするべきだったのか？　なぁ？」

両手が離れて露わになった彼の表情は、明らかに正気を失っていた。

「逃げるぞ！」

朱臣は叫ぶと、朱寿の身体を抱えて走り出した。

背後から銃声が聞こえたのは、その直後だった。振り返ると、銃口を向けた朱一古が追ってきている。

食堂を抜けると、朱臣は中庭に降りた。足許で砂利が激しく鳴る。

朱臣は朱寿を抱えたまま、内蔵の引き戸を開けた。

「早く！」

中に入ると、朱臣がすぐに戸を閉じた。がこん、という音が蔵の中で響く。引き戸の内側にある落としが、閉まると同時に穴に嵌(は)まった音だった。

蔵の中は真っ暗だった。黴(かび)と埃(ほこり)の臭いがする。見上げると、天井近くに格子がついた窓があったが、霧のせいで月明かりが入ってこない。

「くそ、こんなところに逃げ込んだって……」

朱臣が嘆いた。そのとおりだった。隠れる場所としてはあまりにもわかりやすい。だが、この深い霧の中、朱寿を抱えて走り続ける判断はできなかったのだろう。

案の定、砂利を踏む足音が近づいてくる。

それは、蔵の扉の前で止まった。

足音がすぐ遠ざかっていく。しかし、助かったわけではもちろんない。恐らく、朱一古は鍵(かぎ)を取りに行ったのだ。鍵穴から挿し込んで落としを持ち上げる棒——たしか台所にあったはずだ。朱一古なら場所も知っている。じきに戻ってくる。

暗闇の中でも、自分の身体が震えているのはわかった。

「あ……朱臣」

「……大丈夫だよ。鍵穴に棒を挿し込まれても、落としを上げないよう妨害すればいい。待ってればきっと、佐久間先生が駐在さんを連れて帰ってくる」

すっかり忘れていた。そうだ、佐久間弁護士がもうすぐ帰ってくる。それまで何とか耐えられれば……

けれども、希望を持てたのは、束の間だった。

じゃっ、じゃっ、じゃっ、じゃっ……砂利の上を走る足音が、もう戻ってきた。

朱一古の気配が、引き戸の前で止まる。

噛み殺したような笑い声が、戸の向こうから聞こえている。

少しだけ闇に慣れてきた目には、引き戸のそばで片膝立ちする朱臣が見えた。

しかし、朱一古はなかなか棒を挿し込もうとしない。精神の消耗を狙っているのか、棒を奪われることを警戒しているのか——そう思った矢先、声がした。

「——どうだ？　腐ったような臭いはしてるか？」

それは、さっき食堂で会話していたときと同じ、穏やかな声だった。

「ああ、返事はしなくてもいいぞ。あかずめに遭っていたら、そっちの声はこっちには聞こえないからな」

「……どういうことですか？　よく意味が」

朱臣の声を、朱一古は無視した。

「その臭いはな、人間が腐った臭いなんだよ。そして、あかずめが現れる合図だ。『開かず埋め』の儀式で犠牲になった子たちが、土の下で腐敗した臭いだ。死体の臭いなんだよ」

ってくる。

「返事が聞こえないな。……まさか、本当にあかずめに閉じ込められたのか？」

朱臣が、蔵の中を振り返った。表情はよく見えないが、困惑している雰囲気が伝わってくる。

「……朱一古さん？　何言ってるんだ？」

「おい、こっちの声は聞こえてるよな？　もう、そっちからは出られない。試しに、この引き戸を開けてみたらどうだ？」

会話が成り立っていない。演技とは思えない。

意味がわからない。けど、異様なものは感じていた。

鼓動が早鐘を打つ。脂汗が噴き出す。——違う。これはきっと、朱一古の罠だ。

出てくるように仕向けているんだ。

「いいことを教えてやる。あかずめが呪い殺すのは、一つの空間につき一人だけだ」

朱一古の声は、心底愉快そうだった。

「わかるか？　朱寿、朱臣。お前ら二人のうち、どちらかが今、あかずめに呪われているんだ。どちらかが二度と出てこられず、その中で死ぬんだよ」

高笑いする声は、本当に朱一古のものか、わからなくなってくる。

それどころか、人間のものなのかさえも。

「……開かない」
途方に暮れたような、朱臣の声がした。
「朱臣……何て？」
「開かないんだ。蔵の引き戸が。さっきからやってるんだけど」
声は、泣き出しそうになっている。
目を凝らす。朱臣の大きな背中が丸まっている。
落としが上がった引き戸を動かそうとしているのに、びくともしない。
まさか——そう思ったけど、自分で試す気にはならなかった。
出られない。ここから。閉じ込められたのだ。
あかずめに。
『開かず埋め』の犠牲者——少女たちの怨念に。
だとしたら。どちらかが死ぬ。呪い殺される。
朱一古が言ったように。この蔵から出ることができずに。
不由美のように。朱峰のように。あるいは清子のように。
青黒い顔で、窒息死する。
どちらかが。
赤頭朱寿と、

赤頭朱臣の、
二人のうち、片方がここで死ぬ。

身体が動かない。力が入らない。腕にも。脚にも。

「くそ、何なんだ、この臭いは……」

朱臣が、吐き捨てるように言った。

「臭い……頭がおかしくなりそうだ」

朱臣が悶えている。

朱寿は黙っている。

何かがおかしい。

どれだけ意識を集中させても、黴の臭いしか感じない。

そのとき、戸の向こうで、朱一古が言った。

「呪いを解く方法を、教えてやろうか？」

そして間を置かずに、哄笑が響いた。

思いもよらず示されたわずかな希望に、つい飛びついてしまう。

戸の近くまで駆け寄って、耳を澄ませてしまう。

外に出ても朱一古がいる。拳銃を持った人間がいる。わかっていても、ここから出たい。あかずめの呪いから逃れたい。

「教えてやるよ。あかずめの呪いを解く方法——」

どうすればいい。

どうすれば、二人とも助かる？

霧の中に射した一筋の光。

だが、次の朱一古の一言に、それがまやかしに過ぎないと思い知らされた。

「それは、閉じ込められたとき、外から誰かに扉を開けてもらうことだ」

次の瞬間、怪鳥のような、けたたましい笑い声が響いた。

10

蔵の引き戸が開いた。

いとも簡単に。何事もなかったみたいに。

かつん、と金属が跳ねる音。蔵の鍵が床に放り捨てられた音。

開いた扉の向こうから、黒紋付姿の赤頭朱一古が、拳銃を構えて入ってきた。

「お前だと思ったよ」

愛しい娘と再会したときのような微笑みを、朱寿に向けてくる。

「どうしてそう思ったかわかるか？　あかずめの呪いにはな、二つの条件があるんだ」

黒い銃口を向けながら、ゆっくりと近づいてくる。

開いた引き戸から、白い靄が入り込む。

「一つは、親父がしたことさ。あかずめが何をする怪異なのか知ること」

彼が一歩踏み込むたびに、ぎぃ、と蔵の床が鳴る。

「もう一つは——扉を開けて閉じた空間に入り、扉を閉めること。この蔵の場合は、朱臣が条件を満たしたんだ。お前のその身体じゃあ、蔵の重い引き戸を開けることはできないだろうからな。どの扉であかずめに遭うかは、運否天賦らしいが」

ぎぃ。朱一古が置いた足のすぐそばに、爪が剝がれた手があった。

朱臣が、仰向けに倒れていた。

顔を青黒くして。両手の指先を血みどろにして。

彼が一心不乱に扉を搔き毟ったのは、ついさっきのことだ。

『開かず埋め』の儀式で祠に閉じ込められた、少女たちの末路のように。

「さぁ、次は、朱寿、お前の番だよ」

かちり、と拳銃が鳴った。

「今から、お前を生きたまま埋める」

優しい声だった。

「埋めて、あかずめのための人身御供にする」

そうなって当然という言い方。

「不思議だな。今となっては、朱周のこの考えこそ、唯一無二の正解な気がするよ」

さぁ行こう。朱一古が近付く。

我が子を抱き上げるように、座り込んでいる朱寿に両手を伸ばす。

その途端——蔵の中に月明かりが射し込んだ。

天井近くの窓からだ。霧が晴れてきたのだ。

青白い月の光が、蔵の中を劇場のように照らす。


「え……」

朱一古の目が驚愕に見開かれた。

傍らにいる少女を見下ろしている。

その口から、呻き声が漏れた。固まっていた表情が、苦悶に歪んでいく。

朱一古の身体が、朱寿に覆い被さるように倒れ込んだ。

苦しげな声が聞こえた。朱寿のものだ。うう、うう、と低い声を漏らしながら、のしかかっている朱一古の身体を何とか押しのける。そして上半身を起こすと、横向きに倒れた朱一古から、何かを引き抜こうとする。

じゅっ、と水っぽい音がした。

朱寿の上半身が、後ろに倒れた。

露わになった仕込み杖の刃が、月の光を反射した。

と同時に——仰向けになった朱寿が、こちらを見た。

黒々とした目で。

真っ赤に濡れた刃よりも鋭い目つきで。

わたしを見ている。

「す、朱寿……？」

朱寿はわたしから目を離そうとしなかった。わたしを見定めたまま、うつ伏せの姿勢に移った。そして、匍匐前進で、ずりずりとこっちに向かってくる。

目は、じっとわたしを見ている。まるで、獲物を逃がすまいとする蛇のように。

距離を詰めてくる。じわじわと。刃が剝き出しになった仕込み杖を逆手に持ちながら。

はぁ、はぁ、と、乱れた息遣いが近づいてくる。

ずぁ、ずぁ、と、セーラー服が擦れる音がする。

がり、がり、と、刃の切っ先が床を削っている。

目はずっとわたしを見ている。

信じられなかった。

その瞳（ひとみ）には――明らかな殺意がみなぎっていた。

11

「どうして……？」

わたしはずっと朱寿のそばについて、補助をしてきたのに。

同じ学校に行って、同じときを過ごしてきたのに。

七年前、朱寿が、わたしたちが住むこの屋敷に来たときから。

わたしは朱寿を愛していた。だから、彼女が食堂で朱一古に無神経なことを言われたときには、その場にいられないほど辛（つら）かった。

膝（ひざ）が震えるほどに。一人、台所で涙を流すほどに。

その後、不由美が亡くなったときには、朱一古と朱臣に置いて行かれた彼女を補助して、みんなのところに向かった。結果的に、それは見るべき光景ではなかったが。

わたしに対しては必ずしもそうではなかったけれど、朱寿は優しい子だった。自分の祖母と母親を呪い殺したあかずめに対して「解放してあげたい」なんて、赤頭家の人間ではないが、神様みたいな子なのだ。

……そうだ。わたしは、赤頭家の人間ではない。

十年前に、赤頭朱紅郎の隠し子として、この屋敷にやってきた。

だけど本当は、朱紅郎と血はつながっていない。そのことは、朱紅郎も母もわかっていた。「隠し子」というのは、赤頭家の人々にわたしと母を渋々でも受け容(い)れさせるための方便だった。母は昔、とある山奥の旅館で働いていて、朱紅郎はそこの上客だった。母は朱紅郎に、実の娘のように可愛がってもらったという。

母は、屋敷に来て三年ほどで、病死した。

てっきり追い出されるのかと思ったら、朱紅郎はそのままわたしを屋敷に置いてくれた。「愛子(あいこ)は儂(わし)の孫だ」と言ってくれた。

恐らく、母が数年以内に死ぬことすら、母と朱紅郎の間では織り込み済みだったのだろう。すべては、母以外に身寄りのないわたしを、赤頭家に置くためだったのだ。

朱紅郎はわたしに、自分が大事にしているという懐中時計をくれた。わたしはこれまでもそれを大切にしてきたし、これからはもっと大切にするつもりだ。

わたしは、赤頭家の人間ではない。

わたしにあかずめの呪いは効かない。

あかずめの呪いは、赤頭家の人間にしか効力がないのだから。

そのことは、赤頭家の間では周知の事実だった。

だから、閉じ込められたとき、朱一古はわたしを無視してしゃべっていた。

　しかし、蚊帳の外にいたつもりはない。朱寿と朱臣のうちどちらかが死ぬだなんて、わたしにとっては我が身を裂かれるような悲しみだ。

　朱臣は数年に一度会う仲で、屋敷では朱寿以外に唯一、敬語を使わなくていい間柄だった。同級生ということもあり、つい彼が悪い冗談を言ったときには、厳しく糾弾してしまった。お世話になった朱紅郎の死を揶揄するような言い方は、どうにも我慢できなかったのだ。朱寿はつまらないことだと思ったのか、そっぽを向いていたが。

　もちろん、彼がわたしと朱寿の間で心揺れていたのは知っていたし、わたしも彼を憎からず思っていた。不由美と朱峰によって、わたしの座布団が用意されていないことなど日常茶飯事で気にしていなかったが、彼は納得がいかなかったらしく、わたしのために朱寿の高座椅子に載っていたクッションを床に置いてくれた。もちろん、朱寿の椅子にクッションがもう一枚あることを確認した上で。

　しかし、そうした関係は、朱周の下卑た発言によって、無遠慮に掻き乱されてしまった。

　近いうちに、わたしたちの関係に答えを出せたら――そう考えていたのに。

　見てる。わたしを見ている。

　朱寿が近づいてくる。血に染まった刃を持って。

わたしは動けない。
二人分の死体を目の当たりにして、腰が抜けてしまっている。
きっと、朱寿が近づいてくるのは、わたしの身を案じているからだ。
もうすぐ安堵（あんど）の微笑みをくれる。「無事でよかった」と笑いかけてくれる。
そうに決まってる。
その目は殺意にギラギラと輝いているけど。
仕込み杖を握る手に血管が浮いているけど。
開いた口から獣の如く涎（よだれ）が垂れているけど。
きっと彼女は、わたしを抱き締めてくれる。
そう信じて、わたしは動かない身体で待つ。

12

愛子の首から血液があふれるのを眺めながら、私は充足感に包まれていた。

……彼女は赤頭家の人間ではなかったけれど、常々消えてほしいと思っていた。いや、赤頭家の人間ではないからこそ、憎々しく思っていたのかもしれない。

同い年で、健康な身体。美しい顔。こんなにひねくれた私に尽くす純真無垢な心。どれも私にはないものだった。まるで、私に足りないものを思い知らせるために、悪魔が遣わせたような存在だった。

なのに、あの女は家でも学校でも、私の影に徹した。

家ではお母さん以外みんな、私を「かわいそう」だと言った。「家のためにありがとう」とも言った。お母さんは「そんな足に生まれたからでしょ」と言うだけだった。

学校では、誰も私に近づいてこなかった。どこからか「家が怪しい儀式を取り仕切ってた」「親がお金持ち」程度の情報が伝わると、みんな、生まれつき足が悪いことに結びつけた。「悪いことしてるから金があるんだ」「因果応報だ」「天罰が下った」と言って、私が苦しそうに歩いているのを見て嬉しそうにした。

愛子だけは、常に私のそばにいて、私が不自由しないよう気を遣っていた。

一度、どうして私と仲良くしてくれるのか、質問したことがある。

「――それが、赤頭家に対する恩返しだから」

お祖父ちゃんからもらった懐中時計を嬉しそうに眺めながら、そう言った。

赤頭家の人間でもないくせに、あの女は、お祖父ちゃんから一番可愛がられていた。隠し子ということになっていたけど、顔を見ればわかる。あの女に、赤頭家の血なんて一滴も入っていない。お祖父ちゃんもきっと、そのことはわかっていたはずだ。

わかっていながら、実の孫よりあの女に愛情を注いでいたんだ。いや、あの女の〝赤頭家でない部分〟が愛おしかったんだ。

だから、お祖父ちゃんは遺言状にあかずめの呪いを残した。赤頭家の人間が絶え、あの女だけが生き残るように。あの女に、遺産を全部渡せるように。

あの遺言状の文言を聞いたときから、私は、愛子を殺すことを決意していた。

ずりずりと這いながら、仕込み杖の鞘を回収する。

それから、朱一古の懐から一冊の本を取り出す。劣化して茶色くなった、古い本。

震える足で立ち上がると、私は蔵から出た。

見上げると、空にぽっかりと穴が開いたように月が見えていた。霧がてっぺんから晴れていく。青白い月明かりの下で、私はその本を読んだ。

私の目的――あかずめを赤頭家から解放するために、必要な情報を探して。

……誕生日には毎年、成長に合わせた新しい杖をくれた。

十三歳になったとき、刃物が仕込まれている杖に変わった。

「文句を言ってくる奴は、これでたたっ切ってしまいなさい」

お祖父ちゃんはそう言って笑った。

だけど、私は懐中時計がほしかった。

見つけた。期待は薄かったけど、ちゃんと書かれていた。

あかずめを、赤頭家から解放する方法。

私は杖を使いながら、何とか一人で大広間へと移動する。早くしなければ霧が晴れて、弁護士と警官が来てしまう。

床の間の前には、三つの死体が放置されていた。線香も蠟燭(ろうそく)もすでに消えている。

私は足を引きずりながら、大広間の窓や襖(ふすま)を閉めていった。外を見ると、霧がどんどん晴れていく。清々(すがすが)しい気分だった。

七年前——初めてこの屋敷に来たとき、今夜みたいな霧が出ていたことを思い出す。

この霧は凶兆だと、朱臣は言っていた。それはたぶん正しい。

私の存在こそが、この村にとって、最大の凶事になりますように。

大広間は閉じた場所になった。

大広間を出て、すぐにきびすを返す。

「あかずめは、閉じ込めて殺すもの——」

そう呟(つぶや)いて、襖をすーっと開ける。そして中に入って閉じる。

畳の上に寝転ぶ。あかずめに遭うかは運否天賦(うんぷてんぷ)——朱一古の言葉を思い出す。

出てくれるだろうか。いや、きっと出てきてくれる。

私は目を閉じる。心の中で、あかずめに語りかける練習をする。

本に書かれていた、旅の僧があかずめと言葉を交わそうとする話を思い出す。いい話だと思う。化け物に見えても、元は人間。人を呪うのは人。

だから必ず、対話はできる。

もう一度、あかずめに語りかける言葉を繰り返す。

――だいじょうぶ。もう、赤頭家は、私以外いないんだよ。

――だから、もういいんだよ。

もう一つ、本の話を思い出す。あかずめに呪われて、人身御供（ひとみごくう）となった少女たちの記憶を共有し、一転、「あかずうめ」の儀式を廃止した当主の話。

あかずめが、呪った人間の意識に影響を与えることができるなら――逆もしかりではないか。

呪われた人間の意識をもって、あかずめの呪いに影響を与えることもできるのではないか。

目を閉じる。線香の匂いを感じる。

もう一度語りかける。

――もう赤頭家はいなくなるよ。

――だから、もういいんだよ。

――もう、赤頭家以外の人間を呪ってもいいんだよ。

赤頭家の関係者も。
冠村の村人も。それ以外も。
好きなように呪い殺していいんだよ。
必要なら、私が手伝うから。
あなたの呪いを、誰かに届ける「使者」になるから。

私は語りかけ続ける。
願い続ける。

そのうち――線香の匂いが、腐った死体の臭いに変わった。

エピローグ

第四章を読み終えると、僕は本を閉じた。

信じられなかった。この小説に出てくる「あかずめ」は恐らく、いや、きっと修司の村に伝わる怪異と同じものだ。廃墟(はいきょ)、「閉じ込めて殺す」という呪いの文句、窒息死という死因——間違いない。

考えられるのは、この小説の作者が、修司の村をモデルにしたということだ。

だけど、たしか、修司の村の名前は「冠村」ではない。虚実が入り交じっている。

では、人身御供を行っていたという冠村の歴史はどうだろう。「開かず埋め」——まさか。そんなことが本当にあっただなんて信じられない。あの部分はフィクションだ。そう信じたい。だって、いかにもホラー小説にありがちな設定じゃないか。

……でも、じゃあ、修司を呪い殺したあかずめは？

あの歴史が真実でなければ、あかずめは生まれない。

あかずめは……「開かず埋め」で犠牲になった、少女たちの怨念(おんねん)なのだから。

混乱していた。現実と小説の境界線が曖昧になっていく感覚に悪酔いする。実在する村、埋められた少女たち、修司の死――何だか、息苦しい気さえしてきた。

まさか、僕まで……そう考えて、いや、いや、と首を横に振る。

たしかに、僕は呪いの条件を一つ満たしている。

けど、小説にあるとおり、あかずめの呪いの条件は、二つ存在する。


条件①は、「あかずめの話を知ること」。――これは、第二章で明らかになった。具体的には、「あかずめは閉じ込めて殺すもの」だと知ると呪われる。

条件②は、「扉を開けて閉じた空間に入り、扉を閉めること」。第四章で明記されている。これがあるから、一つの空間につき、一人しか呪われない。扉が複数枚あって同時に開いて閉じたり、一枚の扉を複数人で開いて閉じた場合はどうなるのだろうという疑問が湧くが、小説ではそうしたケースはなかった。

読み返してみると、たしかに呪われて死んだ人間は条件を満たしているようだ。

第一章では、祖母の郁子は〝窒息の家〟に迷い込んだ際、セーラー服の少女――赤頭朱寿の霊にあかずめの話を聞かされた。そしてそれを、孫の唯奈にも話してしまった。そのため、唯奈もプーさんのぬいぐるみを〝窒息の家〟に捜しに行ったタイミングで、あかずめに閉じ込められたのだ。

　呪いを解く方法は、外から扉を開けてもらうこと――唯奈が助かったのは、母親の奈緒子が外から大広間の襖を開けたおかげだったのだ。命は助かってよかったが、これからの唯奈の人生は辛いものになるだろうと想像する。第三章で明らかになるが、たとえあかずめに閉じ込められて助かったとしても、一生、あかずめの存在を感じながら生きていかなければならないのだ、いや、それよりも――

　僕は首を横に振った。たとえフィクションだろうと、子供の不幸なんて想像したくない。

　第二章では、樋口友貴が呪いの使者として、あかずめの呪いをゼミ生に広めてしまう。恐ろしいのは、樋口友貴から真殿裕生に伝わり、さらに宮園琉莉に伝わってしまうなど、呪いが本人の意思に関係なく連鎖してしまうことだ。また、樋口友貴は寝言でうっかりあかずめの呪いを恋人の若本沙織に伝えてしまっており、「ただ聞かせる／知らせるだけで殺せる呪い」の扱いの難しさが浮き彫りになった話だった。

　第三章では、あかずめの力を求めた水森彩夏、冴田良彦の二人が、小学校の教師である如月美緒から呪いを伝授される。二人は自身の呪いを解くことで呪いの力を我が物にしようとするが、冴田は条件②を満たしていなかったために、あかずめの毒牙にかかってしまった。

そして第四章では、赤頭家の当主が遺言状を用いて一族を呪い、鏖（みなごろし）にした。

……気になる点が二つあった。

一つは、第二章の別所加奈や、第三章の引き籠（こも）りの父親、そして第四章の赤頭清子は、条件②を満たしていないのではないか？　ということ。

さらにもう一つは——第四章に出てきた、「あかずめの呪いは、赤頭家の人間にしか効力がない」という一文だ。先にこっちを考察していこう。

僕はスマートフォンにメモしていた、各章の時系列を確認した。

第一章　二〇〇五年十二月〜二〇〇六年四月
第二章　二〇一三年七月〜八月
第三章　二〇二一年四月〜六月
第四章　二〇二三年八月

第一章は、小説の途中に差し込まれていた、村民への案内文の日付からだ。そこには平成十七年と書かれていた。「去年の十二月だ。肝試しのつもりで入った若者たちが、あの家で死体となって発見された」という記述もある。

第二章も、作中の日付から調べられる。たとえば、七月八日が月曜日なのは、近年では二〇二四年と二〇一三年、二〇〇二年……さらに、「昨日は都心で三十五度を超え、今年初めての猛暑日になった」という情報や、「消費税増税（二〇一四年。二〇一二年から議論開始）」「大学入試改革（二〇一三年）」というワード、二〇一六年のリオ五輪に関するものと推測できる「ＩＯＣは、三人制バスケットボールやトライアスロン男女混合リレーなどの新種目を追加しないと発表」というニュースから、二〇一三年だとわかる。

第三章には、明確な日付の記述はなかった。ただ、新型コロナウイルス感染症が流行している描写から、二〇二〇年以降なのだろう。

もうひとつ、ヒントになるのは――樋口友貴の年齢だ。

第三章で名前だけが登場する「樋口」というのは、恐らく、第二章に出てくる樋口友貴と同一人物ではないだろうか。

これは小説だ。いくら脇役でも、無意味に同姓の他人を出すことは考えにくい。リアリティを追求していると言われたらそれまでだけど、何か意味があるような気がしてならない。ラストで精神が崩壊したかのように見えた樋口友貴だが、大学院を卒業して、高校教師になったのだろう。同一人物だとすれば、第二章で二十四歳だった彼が、第三章では三十二歳だと言われているから、第三章は第二章から八年後――つまり、二〇二一年になる。

第四章はわかりやすかった。二〇二三年だ。理由は、二〇二二年に起こった、安倍（あべ）元首相銃撃事件の新聞記事が「去年」とされているからだ。

以上を踏まえると、時系列がメモのとおりになるはずなのだけど——

あかずめの呪いは、赤頭家の人間にしか効かない。

時系列的に最新の第四章で、そう書かれている。

そして、第四章の最後で、朱寿はあかずめが「赤頭家以外の人間」も呪い殺せるようになるよう願ったが——それよりも前に、赤頭家とは無関係であろう人間が何人も呪い殺されているではないか。

僕は首を捻（ひね）った。ややこしいせいで、頭が痛くなってくる。

……赤頭家の勘違い、ということだろうか。

いや、実際、赤頭家の一族でない視点人物——愛子は、あかずめを認識できていない。「あかずめは人を閉じ込めて殺す」という呪いの文句を当主の遺言状で知った彼女は、第二章にて別所加奈がコーヒーショップで祠（ほこら）を見たときや、第三章にて冴田良彦が教室に閉じ込められたときと同様、条件①を満たしたが、条件②を満たしていない状態だった。ということは、別所加奈や冴田良彦と同じように、祠を視認し臭いを感じ取れなければおかしい。

これはつまり――第四章の時点ではやはり、赤頭家以外の人間はたとえ条件①を満たしてもあかずめに呪われることはないことを示している。

どういうことだろうか。ぱらぱらと本を読み返してみる。

ある可能性が頭をよぎった。

ひょっとしたら……時系列の想定が間違っているのではないか。

第一章の村民への案内文は、ところどころ黒塗りになっているが、これは第四章で出てくる歴代赤頭家当主の手記と同じで、紙の劣化を表現しているのかもしれない。

ということは、第一章の時系列は、平成十七年――二〇〇五年よりずっと後ということになる。そのつもりで読み返すと、気になる唯奈のセリフがあった。

「プーさんはあくまなんだって。そういうこわいお話があるって」

僕はスマートフォンで調べてみた。……あった。プーさんが殺人鬼になるホラー映画。日本での公開は、二〇二三年六月だ。

ページを捲る。……いや、第二章は間違いなく二〇一三年だ。

だが、ある名前が目に留まる。ユミ。樋口友貴の高校時代の元交際相手。僕は自分がさっき考えたことを思い出す。――いくら脇役でも、無意味に同姓の他人を出すことは考えにくい。

第三章にも「ユミ」が出てくる。田村由美。彩夏の友達だ。そして、「樋口センセー」に惹かれている。……もしかしたら、樋口友貴が付き合っていた「ユミ」は、彼女のことなのか。「高校にいたときに付き合っていた」とあるが、高校生のときにとは書かれていない。

ということは、第二章と第三章の時系列が逆になる。第三章の方が古いんだ。樋口友貴は、高校教師から社会人大学生になった。

いや、待て、それだと年齢がおかしい。第三章で樋口友貴は三十二歳だが、第二章では二十四歳だ。計算が合わない。そう考えて、僕は気づいた。

第二章では、樋口友貴が三十六歳なんだ。

二十四歳で、年下なのは恋人の若本沙織の方だったんだ。読み返せば、匂わせる描写はあった。モテの「キャリアが違う」という真殿の発言——「若気の至り」と聞いたときの刑事の反応——二人の関係を『人のセックスを笑うな』になぞらえた友貴の言葉を沙織が「全然違う」と否定したのは、性別が逆だからか。

三十六歳が三十二歳になったから……第三章は、第二章の四年前だ。

つまり、二〇〇九年。興奮のせいか、息が荒くなる。

……いや、いや、やっぱりおかしい。第三章には、新型コロナウイルス感染症に関する記述があったはずだ。

いつしかページを捲る手は荒々しくなっている。

ほら、やっぱりここに――と該当の文章を指さして、気がつく。コロナとは書いていない。記憶を手繰るのを早々に諦めて、またスマートフォンで調べる。

あっと声が出た。二〇〇九年は、新型インフルエンザウイルス流行の年だ。

さらに調べてみると、たしかに、二〇〇九年の五月に兵庫県神戸市内で高校生が感染している。日本での感染確認は、これが初めてだったらしい。新型コロナウイルス感染症のインパクトが強過ぎて、こっちは記憶に残っていなかった。

頭が痛い。ぷはぁと息を吐く。考え込むと、つい呼吸をするのを忘れてしまう。

こうなると、第四章の時系列も怪しくなってくる。

だけど、首相暗殺なんて事件は日本では他に――

……いや、ある。僕は乱暴にページを飛ばす。

そして、「元首相暗殺」ではなく、「首相暗殺」と書かれていることを確認する。

三度、スマートフォンで検索する。日本史の授業で習ったはずなのに、何となくでしか覚えていない自分が情けない。

そうだ、原敬首相だ。当時の内閣総理大臣が暗殺された大事件。犯人はその場で護衛の刑事部長に取り押さえられている。

事件が起きたのは、一九二一年。それを「去年」と書いているので、一九二二年。

僕はメモ帳のデータを書き直した。

正しい時系列は、こうだったんだ。

第一章　二〇二四年一月〜二〇二四年四月
第二章　二〇一三年七月〜八月
第三章　二〇〇九年四月〜六月
第四章　一九二二年八月

最後だけ飛び抜けて時代を遡っていることに、何か、胸を圧迫されるような恐怖を感じた。赤頭朱寿の歪な願いは叶ったのだ。それも、今から百年以上も前に。……馬鹿な。気のせいだ。普段本なんて読まないから、刺激が強かったんだ。

開いたままの本を眺めながら、僕は呼吸がひどく乱れているのを自覚した。……馬鹿な。

さっきも言ったが、所詮、フィクションだ。ここに書かれていることが実話なわけがない。たとえば第四章なんて、百年以上前のことを、どうやって当人たちから聞いたみたいに――

そこまで考えて、僕は止まった。

呪いの使者――赤頭朱寿は〝窒息の家〟にいる。百年以上前から。きっと今も。冠村ではなく、現実に存在する修司の村に。

彼女は今も語り続けているのかもしれない。
呪詛の言葉だけではなく——赤頭家で、何が起きたかを。
この小説は、それを基にしているのだとしたら。
本を持つ手が震えていた。ふ、ふ、と短い息が何度も出る。
呪いなんて、幽霊なんて実在するわけがない。そう思う。
だけど、修司は死んだ。
彼は、あかずめの呪いについて、理解していたのだろうか。
僕に呪いをかける気があったのだろうか。
あったはずだ。だから、彼は「お前も、そうなったらいいのに」と言った。
お前もあかずめに閉じ込められて殺されればいいのに、と。

修司は、僕に、死んでほしかったんだ。

不思議と、悲しくはならなかった。驚きもしなかった。
寧ろ、修司の本心に触れた気がして、安堵すらしていた。
彼が僕の死を望んだ理由はたぶん、二つある。
一つは、僕が彼の人生を奪ったから。

だけど、先に僕の人生を奪ったのは、修司だった。

中学のときだった。教室で、僕が座ろうとした椅子を修司がイタズラで引いた。その結果、僕は転倒して脊髄を損傷した。そして——下半身が動かなくなった。

病室のベッドの脇で、修司は青ざめていた。彼は、彼の家族と泣いて謝った。一生かけて償う、死ぬまで僕の面倒を見る、そう約束してくれた。

その約束どおり、彼はずっと僕のそばにいて、世話をしてくれた。高校も大学も同じところに進んだ。彼は中学のとき野球部のエースピッチャーだった。高校は野球部が強いところに行って、甲子園に行くんだと夢を語っていた。……事件の前までは。

高校でも大学でも部活に入らず、彼は僕につきっきりだった。僕は彼に、もっと自分のやりたいことをやっていいと伝えたことがあった。彼は首を横に振った。これが俺のやりたいことだと言って笑った。

でも、限界がきたんだ。

僕が死ねば自由になれる。罪の意識から解放される。事故に見せかければ誰からも責められることはない——そう考えたのだろう。

息が苦しい。心臓のあたりを押さえる。

……もう一つの理由は、葵だ。

葵とは大学で出会った。聡明で、僕の障害にも嫌な顔一つしない彼女に心から惹かれた。修司もそうだったのだろう。だけど、彼は身を引いた。自分を押し殺して、僕と葵の仲を取り持っていた。それくらい見てればわかる。

おかげで、僕は葵と付き合えた。修司に伝えるべきかずっと悩んでいた。今思えば、あの報告が、コップの水があふれる最後の一滴になってしまったのだろう。キューピッド役を担っておきながら恋敵を憎むなんて矛盾しているようだけど、そんな矛盾こそが人間の本質なのだと、僕は「あかずめ」を読んで感じていた。

そして、人は笑顔の内側に、狂気を閉じ込めているものなのだ、とも。

背中が丸くなる。目と頭の奥がずきずきと痛む。

……僕が修司からあかずめの話を聞いても今まで無事だったのは、呪いの条件②を満たしていないからだ。

そしてこれから先も、気をつけてさえいれば、僕が条件②を満たすことはない。

そのはずだったのに。

「おか、あ、さん……」

別の部屋にいる母を呼びたいのに、声が出ない。

息ができない。心臓が握り潰(つぶ)されているみたいに苦しい。

ふと見ると、部屋の片隅に、黒く汚れた祠(ほこら)があった。

木でできた、屋根と扉があるだけの、簡易な祠。

あかずめ――

すると、観音開きの祠の扉に、黒みがかった赤色の指がかかった。

ゆっくりと扉が開かれていく。僕は目が離せない。

祠の中には――指と同じ暗赤色の肌をした少女が、身体を折り畳んで詰め込まれていた。

肌は腐敗し切っていて、髪の毛はほとんど残っていない。

胎児のように丸まった身体は、ミイラのように痩せ細っていた。

真っ黒い顔の真ん中に、白い目が二つ、僕を見つめている。

その目を見た瞬間――僕は、わかった気がした。

〝あかずめは、人を閉じ込めて殺す〟

……作中に何度も出てきた、この呪いの文句の、真の意味を。

あれはきっと、怪異「あかずめ」の所業を伝えるものではなかったのだ。

人身御供の風習「あかずめ」――「開かず埋め」の犠牲者たちの叫びだ。

彼女たちは訴えていたんだ。「あかずめ」という、人を閉じ込めて殺す卑劣で非人道的な風習があるんだ、と。

わたしたちは、それに殺されたんだと。

そして、その存在を知った人間の許に、彼女たちは現れる。
閉じ込めて、窒息させて……自分たちの苦しみを伝えているんだ。
自ら扉を開けて閉めるという、彼女たちと同じ行為を条件にして。

彼女たちのやっていることは、赤頭家や村人たちと変わらないと言われれば、それまでだろう。だけど、元々あかずめは、赤頭家だけを標的にしていた。それを赤頭朱寿の思想に影響を受けて、変えられてしまったのだ。
だが、あかずめが朱寿の考えに賛同して呪いの対象を広げたとしても、僕はおかしいとは思わない。なぜならその矛盾こそが、人間の本質なのだから。

喉の奥から妙な音が漏れた。
意思とは関係なく眼球が上転し、あかずめの姿が視界から消えた。
死を目の前にして、僕の頭は冴えていた。
いったいいつどこで、僕は条件②を満たしてしまったのか。
脳に残されたわずかな酸素は、その謎を解くべく消費される。
そして、理解した。
――そうか……だとしたら、第二章の別所加奈も、第三章の引き籠りの父親も、そして第四章の赤頭清子も条件を満たす。

僕は、いつか葵から聞いた言葉を思い出した。

「――本の中には、別世界が広がってるんだよ。未知の世界への入り口なの」

熱っぽく、それでいて夢心地に語る、大好きな笑顔が脳裡に浮かぶ。

続けて、彼女はこう言った。

「――だから、本の最初のページを、『扉』って呼ぶんだよ」

僕の身体は、車椅子から転げ落ちた。

目の前にはたしかに、未知の世界が広がっていた。

それは、暗く、狭く……そして、感じたこともないほど冷たい、闇だった。

もう出られません。

本書は書き下ろしです。

あかずめの匣(はこ)

滝川(たきがわ)さり

角川ホラー文庫 24596

令和7年3月25日 初版発行

発行者――山下直久
発 行――株式会社KADOKAWA
〒102-8177 東京都千代田区富士見2-13-3
電話 0570-002-301(ナビダイヤル)
印刷所――株式会社暁印刷
製本所――本間製本株式会社
装幀者――田島照久

ISBN978-4-04-115468-7 C0193

角川文庫発刊に際して

角川源義

第二次世界大戦の敗北は、軍事力の敗北であった以上に、私たちの若い文化力の敗退であった。私たちの文化が戦争に対して如何に無力であり、単なるあだ花に過ぎなかったかを、私たちは身を以て体験し痛感した。西洋近代文化の摂取にとって、明治以後八十年の歳月は決して短かすぎたとは言えない。にもかかわらず、近代文化の伝統を確立し、自由な批判と柔軟な良識に富む文化層として自らを形成することに私たちは失敗して来た。そしてこれは、各層への文化の普及滲透を任務とする出版人の責任でもあった。

一九四五年以来、私たちは再び振出しに戻り、第一歩から踏み出すことを余儀なくされた。これは大きな不幸ではあるが、反面、これまでの混沌・未熟・歪曲の中にあった我が国の文化に秩序と確たる基礎を齎らすためには絶好の機会でもある。角川書店は、このような祖国の文化的危機にあたり、微力をも顧みず再建の礎石たるべき抱負と決意とをもって出発したが、ここに創立以来の念願を果すべく角川文庫を発刊する。これまで刊行されたあらゆる全集叢書文庫類の長所と短所とを検討し、古今東西の不朽の典籍を、良心的編集のもとに、廉価に、そして書架にふさわしい美本として、多くのひとびとに提供しようとする。しかし私たちは徒らに百科全書的な知識のジレッタントを作ることを目的とせず、あくまで祖国の文化に秩序と再建への道を示し、この文庫を角川書店の栄ある事業として、今後永久に継続発展せしめ、学芸と教養との殿堂として大成せんことを期したい。多くの読書子の愛情ある忠言と支持とによって、この希望と抱負とを完遂せしめられんことを願う。

一九四九年五月三日